KB052401

무정설법,
자연이 쓴 경전을 읽다

무정설법, 자연이 쓴 경전을 읽다

최성현
지음

판미동

세상은 거대한 도서관이며

돌, 나뭇잎, 풀, 실개천, 새, 들짐승······ 등은 책이다.

— 서 있는 곰(테톤 수족 인디언)

차례

테톤 수족 인디언 추장 '서 있는 곰'은 말했다.

세상은 거대한 도서관이다.

맞다. 세상은 크나큰 도서관이자, 나아가 한 권의 거대한 경전이기도 하다. 사람들은 흔히 성경이나 불경이나 사서삼경 따위를 최고의 책인 줄 아는데, 아니다. 역시 가장 귀한 책은 천지만물이다. 그보다 나은 책을 우리는 가질 수 없다. 우주는 처음이자 끝이라는 뜻에서 본래 경전이다. 그렇게 말해야한다.

사람이 만든 경전은 누군가가 이 본래 경전을 베껴 적은 것이다. 노자, 석가모니, 예수, 공자, 마호메트와 같은 눈 밝은 이들이 그들이다. 그들의 말이 비슷하면서도 조금씩 색깔이 다른 까닭은, 그들은 자신이 본 것을 자신의 시대, 언어, 문화, 사상 안에서 말할 수밖에 없었기 때문이다. 이렇게 창은 다르지만, 창을 통해 본 바깥 풍경은 같다. 천지만물이다.

예를 들면 불교의 바탕이라고 해도 지나친 말이 아닌 연기설緣起說이 그렇다. 석가모니는 말했다.

연기설? 그건 내가 만든 게 아니다. 나는 다만 있는 것을 찾아냈을 뿐이다.

어디 있나? 세상에 있다. 천지만물 안이라고 해도 틀리지 않는다. 그것을 석가모니가 읽어 낸 것일 뿐이다. 만든 것이 아니다.

이런 말도 있다.

무정설법!

한자로는 無情說法이라 쓴다. 동양에서는 오래전부터 전해져 내려오고 있는 말인데, 무슨 말인가 하면 무정無情, 곧 감정이 없는 산하대지를 비롯하여 하늘, 바위, 바다 등이 설법說法을 한다는 말이다. 넓게 보면 돌, 나무, 여러 동물, 물고기, 새, 벌레 등도 여기에 들어간다. 그렇다. 천지만물이 다 무정 안에 들어간다고 할 수 있다. 이와 같아서 무정설법이란 천지만물이 법을 설한다는 말과 다르지 않은데, 얼마 전까지만 해도 우리 곁에 계셨던 큰스님 성철은 그의 책 『이뭐꼬』에서 이렇게 말씀하고 계신다.

무정이란 무생물이다. 생물은 으레 움직이고 소리도 내니까 설법을 한다고 할 수 있지만, 무정물인 돌이나 바위, 흙덩이는 움직이지도 않으면서 무슨 설법을 하는가 하겠지만, 불교를 바로 알려면 바위가 항상 설법하는 것을 들어야 한다. 그뿐 아니다. 모양도 없고 형상도 없고 보려고 해도 볼 수 없는 허공까지도 항상 설법을 하고 있다. 이렇게 되면 온 세상에 설법 안 하는 존재가 없고 불사佛事 안 하는 존재가 하나도 없다. 참으로 마음의 눈을 뜨고 보면, 눈만 뜨이는 것이 아니라 마음의 귀도 열린다. 그러면 거기에 서 있는 바위가 항상 설법을 하는 것을 다 들을 수 있다. 이것을 불교에서는 무정설법이라고 한다.

오래된 꿈이었다. 나는 무정설법을 주제로 책을 한 권 쓰고 싶었다. 왜 그랬나? 그 까닭은 두 가지다.

하나는 문을 열고 싶었다. 무정설법이라는 말만 있었지, 이 제까지는 아무도 무정의 말을 들으려 하지 않았다. 내가 찾아본 바로는 그랬다. 한국만이 아니다. 중국과 일본도 그랬다. 세 나라에 다 같이 무정설법이라는 말이 전해져 내려오기만 했을 뿐 무정의 말씀을 들으려고 했던 사람은 없었다. 어쩌면 듣기는 들었는데 그것을 시나 글로 써서 남기는 일이 없었을 뿐인지도 모른다. 물론 하나도 없었냐 하면 그것은 아니다. 있기는 했지만, 그 양이 너무 적었다. 혹은 내가 과문했는지도 모르겠다. 그렇더라도 그런 게 그 정도로 적다는 건 어느 쪽이 됐든 아쉬운 일이라고 하지 않을 수 없었다.

다른 하나는 나의 성향이었다. 나는 산골 마을에서 농사를 지으며 사는데, 관행농이 아니다. 유기농도 아니다. 자연농이다. 자연농은 자연의 가르침에 따르는 농사다. 자연을 잘 보고 듣고, 거기에 따라 산다. 무정설법이라는 말을 알기 전부터 그러므로 나는 같은 생각을 하고 있었다. 최고의 경전은 역시 자연이라는. 들을 수만 있다면 그보다 더 큰 말씀은 없을 것이라는.

'개구리'라는 내 아호도 그런 나의 의견 위에서 지어졌다. 나를 아는 사람들은 나를 개구리라 부른다. 아내도 그렇게 한다.

"개구리, 밥 다 됐어요."

"개구리, 쓰레기통 좀 비워 줘요."

나는 사람이 개구리보다 더 잘 살고 있다 여기지 않는다. 아마도 그런 생각을 가진 지구의 단 한 사람일 것이다. 내 눈에는 사람이 히루살이나 올빼미나 두 토리나 곰벌레나 무당벌레나 메뚜기나 지렁이나 모래무지나 민들레나 고래나 올챙이나 제비나 강아지풀이나 늑대보다 더 나아 보이지 않는다. 아니, 더 못하게 산다. 파리나 쥐보다 못하다. 사람이 꼴찌다.

그러므로 받아쓰기다. 혹은 옮겨 적기다. 초목조수어충草木鳥獸魚蟲의 말씀을 귀담아듣고 받아 적는다. 우주, 지구, 별, 달, 바다, 산, 불, 땅, 바람, 눈, 비……를 잘 보고 그들의 살림과 말씀을 옮겨 적는다.

청산은 나를 보고
말없이 살라 하고
창공은 나를 보고
티 없이 살라 하네

— 나옹선사

1부   하늘의 말씀을 듣다

스승의 날이다
내게도 물론 스승이 있다
첫 째는 책이다
여러 경전도 여기에 들어간다
늘 크게 도움을 받는다
둘 째는 사람이다
여기에는 정면 교사도 있고,
반면 교사도 있다
어느 쪽이 됐든
사람은 언제나 큰 스승이다
마지막은 천지 만물이다
하늘, 땅, 물, 바람, 모든 식물, 동물, 미생물
. . . . .
말이 없으셔서 보기 어렵지만
사실은 가장 큰 스승이다
깊은 밤,
그 셋을 향해
두 손을 모은다

자기 집도 모르는 사람들

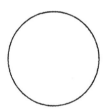

이것은 무엇일까?

찐빵?

아니다.

동전?

아니다.

굴렁쇠?

아니다.

지구다. 멀리서 본 지구, 초록별이라는 별명을 가진 우리의 별 지구다. 우리는 너 나 할 거 없이 저 별 안에 산다. 지구별은 말한다.

내가 너희 모두의 집이다.

아니라고 할 수 없다. 우리는 모두 저 안에서 산다. 지구라는 이름의 한집에 산다. 한 가족이다.

신비한 별이다. 동그란데도 어디에서도 떨어지지 않는다. 아니 동그라미에서 벗어날 수 없다. 떨어지고 싶어도 그럴 수 없다. 힘이 세도, 돈이 많아도, 큰 권력을 가지고 있어도 그럴 수 없다. 머리가 좋아도, 성격이 억세도, 뛰어난 미모를 가지고 있어도 그럴 수 없다. 사람은 너 나를 가림 없이 저 동그라미에서 벗어날 수 없다. 물론 사람만이 아니다. 저 별에 사는 생물은 무엇 하나 저 별에서 벗어날 수 없다. 생물만이 아니다. 무생물도 그렇다.

아무도 벗어날 수 없는 큰 집이다. 엄청 큰 집이다. 우리가 볼 수 있는 것은 우리 집의 아주아주 작은 일부분뿐이다. 우리 집은 우리가 상상하기도 힘들 만큼 크다. 지금 지구 인구는

80억이 넘는데, 그 80억 인구가 살고도 남는 크기다. 사람만 있는 것도 아니다.

거기다 이 집은 아름답다. 풀과 나무가 자라는 크고 작은 산이 있다. 그 안에 벌과 나비가 난다. 토끼와 사슴, 호랑이, 너구리, 늑대, 원숭이, 말, 순록, 여우, 코뿔소, 코끼리, 버펄로, 다람쥐 등이 있다. 새들도 있다. 텃새가 있고, 철새가 있다. 나그네 새도 있다. 강과 바다도 있다. 그 둘은 언제 봐도 곱다. 그 안에도 풀이 자란다. 물고기를 비롯하여 산호 등 수많은 생명체가 그 안에 산다. 그들이 있어 강이나 바다는 아름답다.

또 늘 같은 모습이 아니다. 지구는, 물론 곳에 따라 다르지만, 크게 네 차례는 다른 모습을 보여 준다. 봄, 여름, 가을, 겨울이 그것이다. 다행이다. 고마운 일이다. 늘 같은 모습이라면 얼마나 지루할까?

봄이 오면 언 땅이 녹는다. 새싹이 난다. 온 땅의 풀과 나무에 새잎이 난다. 새 옷을 갈아입는다. 거기다 가슴에 꽃다발을 안고 있다. 진주 이슬로 된 신발을 신고, 하얀 구름 너울을 쓰고 있어, 그 모습이 아리따운 처녀 같다.

여름에는 열매를 맺고, 가을에는 그 열매가 익는다. 풀과 나무가 붉게 물든다. 단풍이 드는 거다. 그 모습 또한 또 한 차례

꽃이 피는 것처럼 곱다. 겨울이 오면 잎도 져서 황량하지만, 눈이 온다. 얼음이 언다. 겨울나무는 겨울나무대로 이쁘다. 겨울나무만이 지닌 아름다움이 있다. 이렇게 네 차례는 크게 바뀌는데, 그 변화 그 자체가 지구의 축복이다.

게다가 모든 곳이 다 같은 것도 아니다. 곳곳이 다 다르다. 그것도 고마운 일이다. 그렇다. 우리는 이렇게 말해도 된다.

우리 집은 아름답다!

*

다시 처음으로 돌아가자. 우리는 동그라미 하나를 그려 놓고 이 이야기를 시작했다. 그 동그라미는 우리 모두의 집인 지구다. 그것이 다일까?

그렇지 않다. 지구는 말한다.

너는 나다.

멀리서 보면 지구 하나가 있을 뿐이다. 너도, 나도 안 보인다. 지구만 보인다. 우리는 지구의 일부분인 거다. 그러므로 "너는 나다."라는 지구의 말은 맞다. 우리 신체의 일부를 예로 들어 보면 분명해진다. 머리카락 하나도 나다. 세포 하나도 나다. 그렇게 우리는 지구를 이루는 한 부분인 것이다. 이와 같아서 우리는 이렇게 말할 수 있다.

나는 지구다.

그것을 다른 말로 하면 이렇다. 지구는 나다. 그 지구는 어설피 보면 덩치 큰 흙덩어리로 보인다. 하지만 그게 다가 아니다. 가까이서 보면 지구는 여러 가지가 모여 이루어진 별이다. 그 숫자가 헤아릴 수 없이 많고, 그것들이 멈춰 있는 것도 아니다. 끊임없이 모습을 바꾼다. 어느 하나, 혹은 일부만이 아니다. 모든 것이 움직이고 있다. 바뀌고 있다. 물론 그 속도가 빠른 것도 있고, 느린 것도 있다. 어떤 것은 멈춰 있는 듯이 보이기도 하지만 우리 눈에만 그렇게 보일 뿐이다. 사실은 모든 것이 바뀐다. 바뀌고 있다.

가을에는

언제나 어디서나

풀벌레의 노랫소리가 들려옵니다

가을은 풀벌레의 계절입니다

창문을 닫아도 들리고

집 안에 들어와 우는

풀벌레조차 있습니다

들어 보면 말이 아니고

노래입니다

그들의 노랫말을 알아들을 수 있으면 좋겠는데

아무리 귀를 기울여도

모르겠습니다

알아들을 수가 없습니다

아시나요?

풀벌레는 한 계절

말없이,

한마디 말도 없이

노래만 합니다!

한 가지 노래만 합니다

큰 선생님입니다

　　　　　　　　　　　　—풀벌레 소리를 들으며

지구는 우리 모두의 집이다. 그 안에서 우리는 한 식구다. 말도 안 돼, 어떻게 뱀과 모기가 우리와 한 식구냐? 새나 나비라면 모를까? 아니다. 모기도 뱀도 한 가족이다. 사이좋게 살아야 하는 한 가족이다. 지구는 늘 그렇게 말씀하고 있다.

그렇다. 우리는 모두 자기 집이 어디 있는지도 모른 채 살고 있다. 아파트나 단독주택 같은 것만 집인 줄 안다. 그 집 말고 다른 집이, 어마어마하게 큰 집이 있는 걸 모른다. 그걸 모르고 우리는 모두 쩨쩨하게 산다.

천국은 어디에 있을까?

천국은 어디에 있을까?

많은 사람이 마음 안에 있다고 대답한다. 그렇게 말하는 스님도 많다. 그렇게 말하는 수녀님과 신부님도 많다. 그런가 하면 하나님이나 부처님을 믿는 것, 그 자체에 천국이 있다고 말하는 분도 있다. 아니면 죽어서 가는 곳이라는 분도 있다. 하늘이나 어디 먼 곳에, 지구가 아닌 곳에 있다고 말하는 사람도 있다. 그런가 하면 일터에서 돌아온 이에게는 집이 천국이다. 연인에게는 둘이 함께 있을 수 있으면 어디나 천국이다. 그렇게 다 다른데, 우리 모두의 천국은 따로 있다.

위 사진을 보라. 우주를 찍은 사진이다. 물론 이것이 우주의 온 모습은 아니다. 사람은 우주의 끝을 모른다. 가 본 사람이 없다. 가 보기는커녕 아무리 성능이 좋은 망원경조차 우주의 아주 작은 일부만을 볼 수 있을 뿐이다. 우주의 온 모습은 볼 수도 없고, 사진으로 찍을 수도 없다.

우주의 아주 작은 한 부분을 찍은 저 사진 속의 별만 해도 셀 수 없이 많다. 바닷가의 모래알 같기도 하고, 좁쌀 수백 가마니를 마당에 뿌려 놓은 것 같기도 하다. 수백만, 혹은 수천만은 돼 보인다. 우주에서 보면 지구는 그렇게 많은 별 가운데 하나다.

놀라운 일이다. 저렇게 많은 별 가운데 풀과 나무가 나고 자라는 별이 하나도 없다고 한다. 강과 바다가 있는 별이 하나도 없다고 한다. 꽃이 피는 별이 하나도 없다고 한다. 숲이 있고, 그 안에서 새가 노래하는 별이 하나도 없다고 한다. 저 많은 별이 모두 흙덩이거나 가스 덩어리일 뿐이라고 한다.

너희가 사는 별 지구가 곧 천국이다.

불교의 언어를 빌리면 지구가 곧 극락이다. 서천서역국이다. 하지만 놀랍게도 지구가 천국인 걸 아는 사람이 별로 없다. 천국은 다른 곳에 있는 줄 안다. 지구는 절대로 천국이 아닌 줄 안다. 여기가 천국이라니! 그건 말이 안 돼! 봐, 지옥이라면 모를까, 어떻게 여기가 천국이야?

우주가 숨기지 않고 보여 주고 있는데도 우리는 믿지 않는다. 천국은 다른 곳에 있다 여긴다. 그렇게 여기지만 그곳이 어딘지는 대지 못한다.

현대 과학은 크게 발전했다. 거기에 발맞춰 천체망원경의 세계도 크게 진보했다. 뛰어난 성능을 가진 망원경이 개발됐다. 하지만 그 망원경조차 사람이 살 수 있는 별 하나를 아직은 찾지 못했다. 강과 바다가 있고. 풀과 나무가 자라는, 우리가 가서 살 수 있는 별이 없다. 저 많은 별 가운데 말이다.

어쩌면 인류가 가진 망원경의 가시거리 바깥에는 그런 별이 있을지도 모른다. 지구와 같은, 혹은 지구보다 더 살기 좋은 별이 말이다. 우주는 그 끝을 모를 만큼 크니 충분히 그럴 수 있다. 그럴 수 있지만, 현재의 인류는 그런 별을 찾아내지 못했다. 지금은 지구가 있을 뿐이다. 지구 말고는 어디에도 가서 살 수 있는 별이 없다는 거다. 지구가 가장 살기 좋은 별이라는 거다.

그렇다. 지구에는 파리와 뱀이 있다. 모기나 진드기와 같은 성가신 곤충이 있다. 홍수와 가뭄에 무더위와 한파와 지진 같은 자연재해도 있다. 그런 것이 닥쳐올 때는 힘들다. 괴롭다. 그래도 지구는 천국이다. 그런 것들에 사로잡히면 진짜 지구의 모습을 볼 수 없다. 더 큰 시야가 필요하다. 작게 보면 바퀴벌레만 보인다. 눈보라와 비바람만 보인다.

우리 부부의 어느 날의 대화를 옮겨 적은 글이다.

소금쟁이가 불렀다.
"개구리, 이리 와 봐요."
뭔가 좋은 일이 생겼나 보았다! 그런 목소리였다.

"파리가 나왔어요!"

파리라면 올해 들어서는 처음 보는 셈이었다.

"여기."

소금쟁이의 손끝을 따라가니 탁상시계 위에 파리가 한 마리 앉아 있었다. 그 파리가 소금쟁이는 반가운가 보았다.

소금쟁이는 도시내기다. 그런 그녀도 시골살이가 10년이 넘으니 있는 그대로의 봄과 천국이 보이는 모양이다. 파리를 미워하지 않는 걸 보면 말이다.

그렇다. 천국에는 파리도 있다. 봄은 품 안에 꽃과 함께 벌과 나비만이 아니라 파리는 물론 뱀도 안고 온다. 하지만 그걸 아는 사람이 별로 없다. 열에 아홉은 천국에는 꽃만 있는 줄 안다.

개구리는, '여는 글'에서도 썼지만 나의 별명이고, 소금쟁이는 곁지기의 아호인데, 다시 말하지만, 지구가 천국이다. 지구를 두고 천국을 찾는다면 소를 타고 소를 찾는 것과 같다. 우리가, 곧 인류가 너무 많이 망가뜨려서 천국이라기보다는 지옥처럼 보이기도 하지만 지구보다 더 나은 별이 없다. 지구가 천국인 것이다. 지구는 우리에게 말한다.

이제 잘 알겠지, 너희가 할 일이 무엇인지?

모든 생명의 자궁

다시 동그라미를 보자.

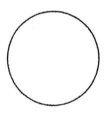

동그라미 안은 지구고, 바깥은 하늘이다. 달리 말하면 안은 지地고, 바깥은 천天이다. 곧 천지다. 천지의 모습은 동그라미며 동그라미가 아니기도 하다. 땅은 크기가 정해져 있지만, 하늘은 그렇지 않기 때문이다. 끝이 없다. 지구는 그릴 수 있지만, 하늘은 그릴 수 없다.

우리는 천지, 그 안에 산다. 그 가운데서도 우리는 대기권이라 불리는 곳에 사는데, 그것은 지상에서 1000킬로미터까지의 공기층을 말한다.

하늘이라고 다 같은 하늘이 아니다. 대기권 바깥은 그 안과 다르다. 대기권 바깥에서는 그 누구도 잠시도 생명을 이어 갈 수 없다. 공기의 질이 다르기 때문이다. 우리는 그렇게 대기권 안에서만 살 수 있는데, 그 까닭은 무엇일까?

첫째는 대기권 안에는 미생물과 동식물에게 필요한 산소가 있기 때문이다. 대기권이 산소를 공급하고 있기 때문이다.

둘째는 지구에서 만들어진 열이 우주 공간으로 빠져나가는 것을 막아 주기 때문이다. 마치 온실과 같은 역할이다. 이 온실 효과 덕분에 대기권의 기온은 일정한 선을 넘지 않고, 우리는 그 속에서 살아갈 수 있다.

셋째는 태양으로부터 오는 해로운 자외선과 우주 공간에서 떨어지는 운석 등을 대기권이 막아 주기 때문이다. 대기권은 우리에게 집과 같다.

이와 같아서 대기권이야말로 하늘과 땅이 만들어 준 진짜 우리의 집이라고 할 수 있다.

놀라운 일이다! 감사한 일이다! 거기에 우리가 한 일은 아무것도 없기 때문이다! 하늘이 푸른 것에도, 땅이 단단한 것에도 우리가 한 일은 하나도 없다. 땅에는 물이 있고, 흙이 있다. 그 속에서 풀과 나무가 자란다. 하늘에는 공기가 있다. 맑은 공기가 있다. 그것도 같다. 우리가 한 일은 아무것도 없다. 그렇다. 큰 사랑이다. 그 품에서 우리는 살아간다. 사람만이 아니라 지상의 모든 목숨 가진 것들이 그 사랑 안에서 살아간다.

앞에서도 살펴본 대로, 대기권은 온실과 같다. 지구를 둘러싼 거대한 온실이라고 해도 틀리지 않는다. 달리 말하면 집이다. 거대한 집이다. 그래서 대기권은 말한다.

더럽히지 마라.
돌고 돌아 네 코와 입으로 돌아온다.

온실 안에서 한 일은 그것이 어떤 일이든 온실 바깥으로 나가지 못하고, 온실 안으로 퍼져 간다. 온실 안에서 불을 피우면 그 열기와 연기가 온실 안을 채우는데, 대기권도 그와 같다.

더 알기 쉬운 비유를 들면, 어항과 같다. 어항 안에서는 어항 안의 물고기가 하는 행동이 그대로 어항 안의 수질에 영향을 미친다. 달리 말하면, 나는 내가 한 일에서 자유로울 수가 없다. 하지만 나날살이에서 우리는 그것을 보기가 어렵다. 우리 눈에는 내 행동과 어항 안의 물은 서로 상관이 없는 것처럼 보인다. 대기권 또한 그런데, 그 까닭은 하나다. 대기권은 크고, 나는 작기 때문이다.

잠깐 쉬려고
나무 그늘에 누우니 보이네요
앞만 보느라, 가까운 것만 보느라
못 보던 하늘입니다

하늘에,
오랜만에 보는 하늘에
큰 세상이 있네요
놀라운 속도의 자동차 기차 비행기 따위로 이루어진
우리의 문명조차 하찮아 보이는
또 다른 세계가 하늘에 있네요
사람이 최고가 아니네요

여러 작은 새들과 날벌레들은

나무 사이를 요리조리 잘도 날아다니고

큰 새는

높은 산 넓은 강도

힘 안 들이고 잘도 넘고 건너네요

인류가 최고가 아니네요

저 날벌레와 새들은

전생에 무슨 좋은 일을 하였기에

이 생에서 저렇게 복 많은

동물로 태어난 걸까요?

— 나무 그늘에 누워 보니

대기권은, 사과로 예를 들면, 껍질 부분처럼 얇다. 얇지만 작은 우리에게는 충분하고 남을 만큼 크다. 그곳에서는 수천 수만 가지 꽃이 핀다. 여러 종류의 새들이 노래한다. 때맞춰 비가 오고, 눈도 내린다.

그렇다. 사막도 있다. 하지만 그것은 인류가 만든 것이다. 우리가 하늘을 향해 던진 돌의 흔적이다.

환경오염이라면 잘 와 닿지 않는다. 내 방 더럽히기, 내 집에 오물 버리기라고 고쳐 말해야 한다. 환경이란 다른 것이 아니다. 어항 속의 물고기로 예를 들면, 환경은 곧 어항이며, 어항 속의 물이다.

나는 누구인가?

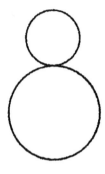

이것은 무엇일까? 사람이다. 두 동그라미 선 안이 나다. 선 바깥은 내가 아니다. 너도 그렇고, 나도 그렇다. 남녀노소가 다 같다. 우리는 모두 선 안의 존재로 길어야 100년의 인생을 살다 떠난다.

성경은 이렇게 말한다.

흙의 먼지로 사람을 빚으시고, 그 코에 생명의 숨을 불어넣으시니, 사람의 생명체가 되었도다.

창세기 제2장에 나오는 글이다. 이처럼 사람은 만들어질 때부터 흙먼지라는, 다른 것의 힘을 빌리지 않을 수 없었다. 우리는 나 홀로 태어날 수도 없고, 살아갈 수도 없다. 사람은 나 아닌 것에 기대어 있는 존재다.

사실 먼지만이 아니다. 먼지가 아니라 먼지만큼 많은 것이라 해야 한다. 먼지만큼 많은 것이 있어야 나는 생길 수 있고, 살아갈 수 있다.

예를 들면, 무엇보다도 먼저 공기가 있어야 한다. 공기를 마셔야, 달리 말해 숨을 쉬어야 살 수 있다. 숨을 못 쉬면 죽는다. 단 10분도 못 견딘다. 용뺴는 재주가 없다. 우리는 누구나 공기가 있어야 한다.

또 물이 있어야 한다. 황제도 물 없이는 살 수 없다. 또 밥이 있어야 한다. 밥이 있으려면 땅이 있어야 한다. 땅이 있으려면 허공이 있어야 한다. 허공이 있으려면 우주가 있어야 한다. 이렇게 보면 온 세상이 있어야 나 하나가 살아갈 수 있다. 나 하나가 있을 수 있다.

그러므로 우주는 말한다.

온 우주가 너를 위해 돌아간다. 너를 사랑한다. 너는
그와 같은 존재다.

물론 그것은 잘 안 보인다. 그런 줄 알기도 어렵다. 나만이
아니다. 거의 모든 사람이 그렇다. 자신이 우주의 큰 사랑을
받으며 살아간다는 사실을 알아채기 어렵다. 어느 해 동지에
쓴 엽서에 나는 이렇게 썼다.

가을과 겨울이 오면
산과 들의 나무와 풀이
시들어 죽는 까닭은 무엇일까?
해가 멀리 가며
낮이 짧아지기 때문이다
봄과 여름이 오며
온 세상이 푸르러지는 까닭은 무엇일까?
해가 돌아오며
다시 낮이 길어지기 때문이다
그 안에서 우리는
풀과 나무를 먹으며 살아간다

동지다

해가 돌아오려고 돌아서는 날이다

나는 반가워

해를 향해 크게 손을 흔든다

— 나의 동지제

다시 말하지만, '나'는 이렇게 해가 있어야 살 수 있다. 그 해
는 우주 공간이 있어야 존재할 수 있다. 그러므로 우리는 우주
가 있어야 살아갈 수 있다. 우리 혼자서는 살아갈 수 없다.

그 모양을 그림으로 그리면 다음과 같다.

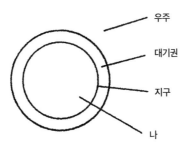

우주

대기권

지구

나

나는 지구가 있어 산다. 대기권이 있어야 산다. 나아가 우주가 있어야 산다. 그 안에는 해도 있고, 달도 있고, 별도 있다. 바람도 있고, 물도 있고, 불도 있다. 새도 있고, 동물도 있다. 풀, 나무, 곤충, 물고기 등도 있다.

나는 선 안의 작은 존재이기도 하지만, 앞에서 살펴보았듯이, 천지의 자식이기도 하다. 꽃 한 송이조차 우주가 피운다. 사람 또한 잘났건 못났건 한 사람도 빼놓지 않고 우주의 자식인 것이다. 생명 가진 모든 것은 그러므로 천상천하유아독존天上天下唯我獨尊이다. 다 같이 귀하다. 온 우주에 단 하나뿐이다. 구별은 우리에게서 생길 뿐이다. 신의 눈, 곧 우주의 시각에서 보면 모두 유일하다. 독생자다. '나'는 그런 존재다.

어느 날 내게 온 말씀이다.

> 그것이 없이는 내가 살 수 없는 것과 나는 하나가 아닐까,
> 그렇게 봐야 하지 않을까?
> 예를 들면 해라든가,
> 공기라든가,
> 땅이라든가.

그런데 나는 어디 있냐고? 동그라미 안에 있다. 안에 분명히 있지만 작아서 그릴 수 없었다. 그런가 하면 나는 그 나머지 것들과 분리된 존재도 아니다.

육안의 한계

내 침실이자 작업실에서는 동산에서 뜨는 해가 보인다. 창이 동쪽으로 나 있기 때문이다. 날마다 해님은 동산 위로 얼굴을 내미신다. 물론 그렇게 말하지 않고 해가 떴다고 하지만, 정확히 말하면 그 말도 사실은 아니다. 해는 뜨지 않기 때문이다.

무슨 말인가? 우리는 배워 안다. 이제 아무도 지구가 우주의 중심이라고 말하지 않는다. 우리는 모두 해를 가운데 두고 지구가 돌고 있다는 걸 안다.

그런가 하면, 그런 앎과 달리 우리 눈에는 지구가 중심이다. 지구가 아니라 해가 도는 것처럼 보인다. 해만이 아니라 온 우주가 지구를 중심으로 도는 것처럼 보인다. 우리 눈에는, 너무도 분명하게 해는 아침에 뜨고, 저녁에 진다. 지구가 도는 게 느껴지지 않는다. 다른 별은 몰라도 적어도 해와 달은 지구 주위를 도는 것처럼 보인다.

잘 아시다시피, 지구가 돈다고 보는 견해를 지동설이라고 하고 태양이 돈다고 보는 생각을 천동설이라고 하는데, 놀랍게도 인류가 오랫동안 천동설을 믿어 온 것도 그 때문일 것이다.

지동설에 공헌한 이는 두 사람이다. 코페르니쿠스와 갈릴레이다. 앞 사람은 1473년에 태어나 1543년에 죽은 것으로, 뒷사람은 1564년에 태어나 1642년에 세상을 떠난 것으로 알려져 있다.

많은 사람이 알고 있다.

"그래도 지구는 돈다."

살아남기 위해 재판에서는 지동설을 부정했지만, 재판을 마치고 나서, 재판관이 없는 곳에서 갈릴레이가 한 혼잣말이다. 그것이 1633년 6월 22일의 일이었다고 한다. 1633년이라면 오래전 일이 아니다. 2024년을 기준으로 하면, 놀랍게도 불과 390여 년 전의 일에 지나지 않는다.

갈릴레이를 재판한 종교가 지동설을 인정한 것은 그로부터 360년쯤이 지난 1992년이었다고 한다. 그해 교황 요한 바오로 2세는 갈릴레이 재판이 잘못됐다고 인정하고 갈릴레이에게 사죄했다고 하는데, 1992년이라면 지금으로부터 32년 전이다. 그렇다면 그때까지도 천주교는 해를 중심으로 지구가 도는 게 아니라 지구를 중심으로 해가 도는 것으로 알고 있었다는 얘기가 된다!

그런가 하면, 해도 돈다고 한다. 해는 은하를 중심으로 돈다고 한다. 해가 은하를 한 바퀴 도는 데는 약 2억 년의 시간이 걸린다고 한다. 2억 년에 한 바퀴라면 엄청 느린 속도 같지만, 아니다. 초속 217킬로미터나 되는, 서울에서 부산까지 채 2초도 안 걸리는 빠른 속도다. 그 속도라면 지구에서 달까지도 30분밖에 안 걸린다.

나아가 우주에서 보면 은하계조차 무엇인가를 중심으로 돌고 있는지 모른다.

*

이 모든 것이 우리의 눈이 가진 한계 때문이다. 눈으로는 지구를 볼 수 없다. 눈은 작은 나에 붙어 있기 때문이다. 한편 자리의 문제기도 하다. 우주에서는 지구가 보이지만 지구에서는 지구가 안 보인다. 산에서는 산이, 숲에서는 숲이 안 보이는 것과 같다. 지구에서는 산, 혹은 바다가 보일 뿐이다. 지구는 둥근 모양이라지만 우리 눈에는 평평해 보인다. 지구의 둥근 모습은 어디에서도 잘 안 보인다. 그래서 인류는 오래오래 지구를 끝없이 평평한 땅으로 여겨 왔다.

눈의 또 한 가지 특징은 모든 것을 자기 위치에서 본다는 거다. 무엇을 보든 내 눈으로 본다. 그것이 눈의 가장 큰 특징이다. 그런 특징 위에서는 천동설이 싹트기 쉽다. 모든 것을 자기중심적으로 보기 쉽다.

인생으로 보면, 막 태어나서는 천동설과 지동설 너머, 혹은 이전이다. 아무것도 모르는 바보 부처다. 천진무구하다. 그러다 서너 살부터 자기중심적이 된다. 성경의 비유를 빌리면, 사과나무가 생긴다. 그것이 해가 갈수록 점점 더 심해져서 청소년기에 이르면 절정을 이룬다. 그 뒤로 온갖 사고팔난四苦八難을 통해 우리는 천동설의 한계를 알고 지동설을 깨우쳐 간다.

"네 생각만 해서는 안 된다."

"입장을 바꿔서 봐라."

이런 속담도 있다.

"안방의 시어머니 말만 들어서는 안 된다. 부엌에 가서 며느리 말도 들어 봐야 한다."

성경은 말한다.

"너는 어찌하여 형제의 눈 속에 있는 티는 보면서, 네 눈 속에 있는 들보는 깨닫지 못하느냐?"

논어는 이렇게 말한다.

"네가 바라지 않는 일이면 남에게도 하지 말라."

이런 과정을 거쳐 마침내 만사가 지동설임을 알게 된다. 그것을 사람들은 이렇게 말한다.

"나 하기 달렸다."

"나를 바꾸는 것, 그 길 하나밖에 없다."

"바깥에서 구하지 마라."

한두 군데서 들은 말이 아니고, 읽은 글이 아니다. 수많은 사람에게 듣는다. 여러 책에서 접한다. 동서고금의 고전에서,

여러 종교의 경전에서도 만난다.

하지만 그때는 그런가! 하다가도 나날살이에서는 저쪽에서 보기가 어렵다. 내 눈에 보이는 것을 중심으로 말하고, 행동하게 된다. 나는 이렇게 보이는데, 너는 왜 저렇게 보인다고 하느냐며 핏대를 세운다. 상대방은 그 반대다. 저렇게 보이는데 왜 너는 이렇게 보느냐고 가슴을 친다. 천동설이 그런 것처럼 자기중심을 넘어서기가 어렵다. 그것이 우리 눈이 가진 특징이다.

2021년 11월 29일 엽서에 나는 이렇게 썼다.

밤에 바람을 쐬러 바깥에 나오니 이게 웬 횡재! 보름달이 떠 있습니다. 산책을 겸해 집을 돌며 달구경을 합니다.

동쪽에서 보면 달이 떴는데, 서쪽에서 보면 아직 뜨지 않았습니다. 집에 달이 가렸기 때문입니다. 북쪽에서 보면 나무 사이에 달이 있고, 남쪽에서 보면 하늘 한가운데 달이 훤히 떠 있습니다. 같은 달도 보기에 따라 다르다는 걸 음력 10월 보름달이 이렇게 일러 주었습니다.

지구의 자전이 감지 안 되는 것처럼 우리의 나날살이도 같다. 내가 중심이다. 저쪽이, 저쪽의 입장이 잘 안 보인다.

평화와 화해와 종전의 길이 여기에 있다. 아침에 일어나면 그러므로 해의 말씀에 귀를 기울일 일이다.

지구가 아니다. 해가 중심이다. 이것을 달리 말하면 내가 아니다. 남이 중심이다. 그것을 아침 해를 보며 다짐하라. 그것이 쉽지 않아, 그대는 자꾸 놓치리라. 그러면 해를 보고 돌아오라. 지는 해를 보며 돌아오라. 지동설로 돌아오라. 그렇게 우주는 우리에게 이르고 있다. 하루도 빼먹지 않고.

숨이 일러 주는 삶의 비결

부모님 댁에서 살 때 쓴 글이다.

요즘 저는 날마다 아침에 30방쯤, 저녁에 30방쯤 쇠파리에게 피를 빨리고 있습니다.

쇠파리라고 썼지만, 그것이 맞는 이름인지는 모르겠어요. 도감에 보면 쇠파리는 크기가 15밀리미터쯤 된다고 나와 있는데, 그 파리는 5밀리미터 정도밖에 안 되거든요.

이 파리는 낮에는 활동을 안 합니다. 새벽부터 이른 아침까지 나오고, 그리고 쉬었다가 해가 질 무렵부터 다시 나와 극

성을 부립니다.

팔과 다리에도 붙지만 그보다는 얼굴에 앉아 피를 빱니다. 눈, 코, 입, 귀, 뺨, 이마 등 어디고 가리지 않습니다. 30방 중 얼굴에만 20방입니다. 그 정도 물리고 나면 얼굴 전체가 뺨 맞은 것처럼 화끈거립니다. 물론 붓기도 하지요. 낮에는 너무 더워 일할 수 없기 때문에 이 파리에 피를 빨리면서도 아침저녁 일을 피할 수 없습니다.

그 파리는 제가 10년을 이름을 알아보고 있는데 아직 찾지 못했습니다. 제가 가진 어느 도감에도 안 나오고, 인터넷 검색으로도 찾을 수 없더군요.

저희 논밭만이 아닙니다. 저희 마을에는 어느 농경지에나 다 있습니다.

그저께 저녁 밥상머리는 볼만했습니다. 어머니는 눈이, 아버지는 입술이, 저는 귀가 부어 서로 보고 웃지 않을 수 없었습니다. 하지만 셋 다 벌레에 오랫동안 물려 온 덕분인지 하룻밤 자고 나면 부기가 씻은 듯 빠집니다.

이 파리는 쫓아도 도망을 안 갑니다. 피를 빨다가 자신을 쫓으려는 손에 맞아 죽고 맙니다. 죽기를 두려워하지 않는 수십 마리의 파리 속에서 농사일을 하자면 뭔가 대책이 있어야 합니다.

저는 코끝을 봅니다. 코끝에 의식을 두고 들고나는 숨을 봅니다. 도움이 됩니다. 호흡에, 곧 들고 나는 숨에 마음을 둘 수 있으면 그 파리에 피를 빨리면서도 마음이 편안할 수 있습니다. 고요한 가운데 파리를 보며 비폭력으로 대처할 수 있습니다.

아침저녁으로 여러 날 그 파리에게 피를 빨리다 보면 분명해지는 게 있습니다.

첫째는 지구는 사람만을 위한 별이 결코 아니라는 겁니다. 하씨는 사람만을 사랑하지 않는다는 겁니다. 사람만을 위한 별로 만들었다면 쇠파리 같은 것들을 하늘이 만들 리 없기 때문입니다. 물론 전부터 아주 잘 알고 있었지만, 그 날벌레가 요즘 저를 아프게 재학습시키고 있습니다.

다른 하나는 누구의 땅이냐는 겁니다. 그악스러운 선생님입니다. 사정을 안 봐줍니다. 두 손 두 발을 다 들고 나는 외칩니다.

"알았어요. 알았다고요. 내 땅 아니에요. 당신 땅이에요. 당신 땅에 내가 농사짓고 있어요. 폐 많이 끼치고 있어요."

나중에 알았다. 사람들은 그 물것에 여러 가지 이름을 붙여 부르고 있었다. 깔따구, 갯깔따구, 먹파리, 쌀겨모기, 겨모기,

쇠파리, 샌드플라이 등. 그 가운데 가장 맞는 이름은, 내 경험으로는 먹파리black fly 같았다.

그런데 하씨란 누굴 말하냐고? 아, 그건 하나님, 혹은 하느님을 말한다.

*

맞다. 들고 나는 숨을 지켜보는 것을 불교에서는 아나빠나사티anapanasati라고 한다. 간단하다. 코끝에 의식을 두고 들고나는 숨을 본다. 들어오는 숨, 그리고 나가는 숨을 오롯이 본다. 생각으로 빠지면 알아채고 바로 숨으로 돌아온다.

그러다 알았다. 우리의 숨에는 커다란 삶의 비결이 숨겨져 있다는 걸. 그것은 이런 것이었다.

삶의 비결은 이것 하나다. 이것 하나만 알면 된다. 주어라! 네가 가진 것을 하나도 남김없이 다 내주어라! 끝없이!

그것은 큰 아빠인 하늘의 간절한 훈도이기도 했다. 어떻게 아는가? 숨을 보면 알 수 있다. 숨을 내쉬어 보라. 그대가 가진 모든 숨을 다 내쉬어 보라. 하늘이 돌려준다. 거대한 힘으로 돌려준다. 그 힘을 그대의 힘으로는 막을 수 없다.

그 반대도 마찬가지다. 숨을 들이쉬어 보라. 하늘이 그냥 두지 않는다. 내쉴 수밖에 없게 만든다. 누구도 그 힘을 이길 수 없다. 천하장사도 그 힘을 당할 수 없다.

그렇게 하늘은 이른다.

주어라! 다 내주어라!

그런 나라가 있다. 원주민의 나라다. 그들의 나라에서는 자기가 가진 것을 더 많이 나누며 사는 사람을 훌륭한 사람으로 본다. 그들은 그를 큰 사람big man이라 부르며 존경한다. 많이 가진 자가 아니다. 더 많이 나누는, 곧 주는 사람이다. 그 나라에서는 그런 사람이 존경을 받고, 지도자로 추대된다. 선거가 아니다. 평소의 행실을 보고 뽑는다.

천지의 말씀

중학생인 딸아이가 엄마와 설에 쓸 만두를 빚으며 시 한 수를 읊는다.

> 청산은 나를 보고 말없이 살라 하고,
> 창공은 나를 보고 티 없이 살라 하네.

거기까지였다. 그 뒤는 아직 외지 못했나 보았다. 그렇다. 널리 알려진 나옹선사의 시 「청산은 나를 보고」다. 노래로도 만들어져 널리 사랑받고 있는 한국 불교의 대표적인 시다. 그 뒤는 이렇게 이어진다.

탐욕도 벗어 놓고 성냄도 벗어 놓고
물같이 바람같이 살다가 가라 하네.

어디에서 딸아이는 이 시를 만났을까?

"할머니가 좋아하세요. 자주 외우시고, 방에 붙여 놓기까지
하셨어요."

옮겨 적으며 보니 이 시야말로 무정설법, 곧 천지의 설법이
다. 다시 말해 천지의 말씀을 베껴 놓고 있다. 왜 그런가? 창공
이란 곧 하늘로서 천天을 말하고, 청산은 곧 땅으로서 지地 아
닌가!

청산은 나옹에게 말했다.

　　말없이 살아라.

창공도 말했다.

　　티 없이 살아라.

창공과 청산은, 곧 천지는 나옹에게 말했다.

탐욕도 벗어 놓고 성냄도 벗어 놓고 물같이 바람같이
살다가 가라.

*

나옹은 한국에서 한 소식을 얻었고, 그 뒤 중국에 가서
10년간 오후보림悟後保任, 곧 깨달음 이후의 닦기를 한 것으로
알려져 있다.

그 기간에 나옹은 많은 선지식을 만났는데, 그 가운데는 지
공이라는 인도 승려도 있었다 한다. 지공은 석가모니의 법맥
을 이은 108대 조사, 다시 말해 108대 부처였는데, 둘 사이에
는 이런 일화가 전해지고 있다.

서로 처음 만난 자리에서였다. 지공은 나옹에게 물었다.

"어디서 왔는가?"

"고려에서 왔습니다."

"올 때 어떻게 왔나? 배로 왔나, 육지로 왔나, 아니면 신통력
으로 왔나?"

"신통력으로 왔습니다."

"호오, 그래! 그럼 여기서 지금 그 신통력을 한번 보여 보라"

그러자 나옹은 아무 말 없이 다가가 지공선사의 두 손을 맞잡고 섰다.

　무슨 뜻일까? 걷는 것, 다시 말해 걸을 수 있다는 게 곧 신통이라는 것인데, 그 말이 맞다. 왜냐하면 우리의 행주좌와어묵동정行住坐臥語默動靜이, 곧 가고 머물고 앉고 눕고 말하고 침묵하고 움직이고 멈추고 하는 그 모든 것이 사실은 다 신통이기 때문이다!

　아침에 눈이 떠진다면 그것이 곧 신통이다. 잠자리에서 일어나 앉을 수 있다면 그것이 신통이다. 화장실에 가서 일을 보고, 씻고, 신문을 읽거나 텔레비전을 보며 아침밥을 먹을 수 있다면 그것이 신통이다. 마주 앉은 사람과 이야기를 나눌 수 있다면, 그의 말이 들리고, 또 내가 말을 할 수 있다면 그것이 신통이다. 그렇게 누구나 할 수 있는 일들이 신통인 줄 알면 바라는 게 적어지며 탐욕을 벗어 놓을 수 있다. 성냄도 여읠 수 있다. 그렇게 살라는 물과 바람의 말씀을 들을 수 있다.

　동학의 제2대 우두머리였던 해월도 같은 생각이었다.

　　사람이 다 창궁蒼穹을 보고 상제라고 섬기나니 어리석음
　　이 이보다 큰 것이 없고 우상을 보고 귀신이라고 섬기나

니 미욱함이 이에서 더함이 없느니라. 사람의 시청언소視
聽言笑와 굴신동정屈伸動靜이 역시 귀신이며 조화로되 저 스
스로 알지 못하나니 이것은 보배를 간직하고 제 스스로
굶어 죽는 자와 같으니라.

옛말이라 어려운데 '창궁'이란 하늘을 말하고, '시청언소'란
보고, 듣고, 말하고 웃는 것을 뜻한다. '굴신동정'이란 구부리
고, 펴고, 움직이고, 멈추는 것을 말하는데, 그것이 다 귀신의
조화, 곧 신통이라는 것이다.
  자기 개발 수련으로 유명한 '행복마을 동사섭'에서는 이런
노래를 부른다.

숨 쉴 수 있어서
바라볼 수 있어서
만질 수가 있어서
정말 행복해요

말할 수 있어서
들을 수 있어서
사랑할 수 있어서

정말 행복해요

이 중에서 하나라도 내게 있다면
살아 있다는 거죠
행복한 거죠……

　건강하다는 게 얼마나 감사한 일인지는 아픔이 가르쳐 준
다. 얼마 전에 겪은 일이다. 감기에 걸려 사흘을 제대로 자지
못했다. 계속 기침이 터져 나와 잠들 수 없었다. 피곤하지, 잠
을 자야 하는데 자꾸 기침은 나지, 내일 일이 걱정이지…… 참
으로 괴로운 일이었다. 나흘째 비로소 편히 잠들며 편히 잠든
다는 당연한 일이 한없이 고맙게 느껴졌다.
　두말할 것 없이, 천지의 말씀은 나옹선사의 시 「청산은 나
를 보고」에 담긴 내용만은 물론 아니다. 천지의 가르침은, 천
지가 끝이 없는 것처럼 끝이 없다. 「청산은 나를 보고」는 그러
므로 무진無盡 설법, 곧 다함이 없는 말씀 가운데 하나일 뿐인
것이다.

달의 노래

날마다 해가 뜬다. 정해진 시간에 해가 뜬다. 그 시각을 어기지 않는다. 더없이 성실하다. 달도 그렇다. 천년만년 어김이 없다. 그 안에서 우리는 안심하고 산다. 우리가 맛보는 평화는 그 둘의 덕이 크다.

달은 차고 이운다. 같은 모습이 아니다. 날마다 바뀐다. 활 (혹은 누나의 눈썹) 모양이던 초승달이 반달이 되고, 반달은 보름달로 바뀌어 간다. 보름달은 다시 반달로 변해 가고, 반달은 하현달이 됐다가 그믐에는 모습을 감추기도 한다. 이렇게 바뀌어서 다행이다. 변함없는 해와 달리 단 하루만 보름달이고, 나머지 날은 보름달이 아니어서 좋다.

달의 설법은, 내 눈에는, 두 가지다.

하나는 껍적거리지 말라는 거다. 겸손하라는 거다. 왜 그런가. 보름달도 하루다. 용케 높이 올라갔다 해도 언젠가는 내려와야 한다. 크게 벌었어도 언젠가는 두고 떠나야 한다. 노래에도 있다.

화무는 십일홍이요
달도 차면은 기우나니라

화무花無는 십일홍十日紅이란, 다 아시듯이, '열흘 가는 꽃은 없다.'는 뜻이다. 어느 꽃이고 열흘 이상 피어 있기 어렵다는 말이다. 나아가 얻은 것이 있어도 열흘 뒤에는, 다시 말해 언젠가는 잃을 날이 있다는 거다.

그런가 하면 달은 용기도 준다. 걱정하지 말라고 한다. 이울지만 바닥을 친 뒤에는 다시 차기 시작한다. 날마다 커진다. 보름달이 돼 간다. 그러니 너도 힘을 내라고 한다. 절망 속에 있지 말라고 한다. 그것이 하현달의 설법이다.

*

달! 그가 있어 바다는 노래한다. 춤춘다. 서해의 너른 뻘밭
도 그가 있어 만들어진다. 조류라고도 하는 바닷속의 강 또한
달의 힘과 무관하지 않다. 그 힘으로 바다가 춤을 추어 그 안
에 사는 물고기는 행복하다. 지루하지 않다. 활기를 얻는다.
여자들은 그 영향으로 배란기를 맞고, 절로 생명의 문이 열린
다. 아마도, 아니 틀림없이 동물의 암컷도 그러리라.

달이 건강해야 한다. 우리의 건강은 거기로부터 오기 때문
이다. 이런 까닭에서 나는 달을 보면 달의 건강을 빈다.

오늘
섣달 보름달이 떴고,
나는 그 달에 소원을 빈다
아무도 나와 보지 않는
섣달 보름달에
혼자 소원을 빈다
다음 달 정월 보름날에는
너도나도 빌어

달님이 바쁠 테니
나는 한 달 앞당겨
섣달 보름달에
소원을 빈다
달님
올해도 부디 건강하셔요, 라고
달님의 건강을 빈다

크게 보면 우주는 한 가족이다. 나누어져 있지 않다. 서로 영향을 받는다. 달에 탈이 생기면 틀림없이 지구는 그 영향을 크게 받게 될 것이다. 해는 그 영향이 더 클 것이다.

그러므로 달이 건강해야 한다. 해가 건강해야 한다. 하늘의 모든 별이 건강해야 한다. 은하수가 건강해야 한다.

똑같다. 가족 중에 누가 아프면 온 식구가 힘이 든다. 고통스럽다. 달에 탈이 생기면, 달에 병이 나면 우리들의 밤은 그즉시 안정을 잃으리라. 집안에 병든 사람이 있으면 푹 잘 수 없는 것처럼 우리의 숙면도 그날로 날아갈지 모른다.

오늘 문득 아네

내가 달을 사랑했던 까닭은
보름달은 단 하루뿐이고
나머지 날은 보름달이
아니었기 때문이었네!

어느 날 내게 온 시다. 달의 설법이기도 했다.

하늘 은행

「중쇄를 찍자」라는 이름의 드라마다. 한 출판사를 배경으로 어떻게 살아야 하는지를 말하고 있는 드라마였는데, 내가 보기에는, 그 비결이 뛰어났다. 혼자 알고 있기에는 아까워 소개하기로 한다. 그 메시지가 하늘, 혹은 천지의 말씀과도 다르지 않기 때문이기도 하다.

대형 출판사 회장인데, 그는 전철로 출퇴근을 한다. 술과 담배를 하지 않는다. 집도 자기 집이 아니고 셋집이다. 필요 최소한의 것만 가지고 산다. 아울러 남을 돕는 데 몸을 아끼지 않는다. 길을 걷다가 쓰레기가 보이면 줍고, 무거운 물건을 든

할머니를 만나면 대신 들어 준다. 자전거를 쓰러뜨린 아주머니를 보면 달려가 일으켜 세워 준다.

구지라는 이름을 가진 그는 탄광촌의 가난한 집안에서 태어났다. 엎친 데 덮친 격으로 광부였던 아버지는 폐병으로 일찍 세상을 떴다. 구지는 그런 어려운 형편 속에서도 학교 성적이 좋았다. 그런 학생이 가난 때문에 고등학교에 가지 못하는 것이 안타까워 담임 선생님은 어머니를 설득했지만 구지의 어머니는 단호했다.

"안 돼. 내가 몸이라도 팔라는 말이냐? 가난한 자는 가난한 자가 걸어야 할 길이 있는 법이다."

어머니는 보통 사람이 아니었다. 구지의 중학교 졸업식이 있던 날, 다른 광부와 눈이 맞아 집을 나갔다. 어쩔 수 없었다. 구지는 학업을 포기하고 탄광에서 일자리를 얻어야 했고, 그곳에서 도박과 싸움을 일삼는 비행 소년으로 자라 갔다. 주먹질이나 칼로 남의 돈을 빼앗았고, 그 돈으로 마작이나 화투와 같은 돈내기 도박을 했다.

그러던 어느 날 그의 인생을 바꾼 천사가 나타났다. 도박으로 가진 돈을 다 잃었던 날이었다. 자제심을 잃은 구지는 강가에서 낚시질을 하고 있는 노인에게 낫을 들고 다가갔다. 돈이 아주 많다고 소문이 난 노인이었다. 구지는 그 노인의 목에 낫을 들이대고 낮은 소리로 말했다.

"돈, 돈을 내놔."

노인은 그 상황에서도 태연했다. 흔들림 없는 목소리로 말했다.

"이봐, 젊은이. 내가 한 수 가르쳐 줄 테니 잘 들어 보게. 사람은 말이지 날 때는 다 다르게 태어나지만, 복은 누구에게나 똑같이 주어진다네. 그리고 그 복은 그 사람이 하는 말과 생각과 행동에 따라서 늘어나기도 하고 줄어들기도 한다네. 간단하다네. 좋은 일을 하면 복이 모이고, 나쁜 일을 하면 줄어든다네. 복을 모으면 그 복을 따라 자네가 바라는 모든 일이 따라온다네."

낫을 든 구지의 팔에서 힘이 빠졌다. 노인의 말이 가슴에 와닿았기 때문이다. 구지는 그 길로 탄광촌을 떠났다.

그것으로 구지가 새사람이 된 것은 아니었다. 구지는 도시로 와서 한 공장에서 일했지만 박봉으로 겨우 방세를 내고 밥을 먹는 게 다였다. 그렇게 희망 없이 지낼 때 동료 직원이 책한 권을 권했다. 책이라면 구지가 접은 세계였다. 책 따위 보고 싶은 생각이 조금도 없었다. 깊이 묻어 둔 상처였다. 그걸 건드리고 싶지 않았다. 하지만 동료는 싫다는 구지에게 그 책을 던져 놓고 갔다.

한국에도 많이 알려진 미야자와 켄지의 시집이었다. 그의 대표작이라고 할 수 있는 「비에도 지지 않고」가 구지에게 온 두 번째 천사였다. 그 시를 읽는 구지의 눈에서는 눈물이 하염없이 쏟아져 내렸다.

비에도 지지 않고

바람에도 지지 않고

눈에도

여름 더위에도 지지 않는

튼튼한 몸을 가지고

욕심 없이

절대로 성내지 않으며

늘 조용히 웃고 있다

하루에 현미 네 줌과

된장과 소량의 푸성귀를 먹고

무슨 일에나

자신을 셈에 넣지 않고

잘 보고 듣고 알고

그리고 잊지 않으며

들판의 소나무 숲 그늘의

억새 지붕을 인 작은 오두막에 살며

동쪽에 아픈 아이 있으면

가서 돌봐 주고

서쪽에 지친 어머니 있으면

가서 볏단을 메어 주고

남쪽에 죽어 가는 이 있으면

가서 무서워할 거 없다고 말하고

북쪽에서 싸움이나 소송이 있으면

가서 부질없는 일이니 그만두라고 말하고

가물 때는 눈물 흘리고

추운 겨울에는 울먹울먹 걸으며

모두에게 멍청이라 불리며

칭찬도 받지 않고

미움도 받지 않는

그런 사람이

나는 되고 싶다

구지는 그 뒤로 낮에는 일하고, 밤에는 도서관에서 책을 빌
려다 읽었다. 대입 검정고시를 통해 야간대학을 다녔고, 대학

을 졸업한 뒤에는 대형 출판사에 일하게 됐다. 결혼도 하고, 아이도 낳았지만, 그때도 구지는 도박을 끊지 못하고 있었다. 퇴근을 하면 술을 마셨고, 도박을 하러 다녔다. 그날도 구지는 도박장에서 전화를 받았다. 불이 나 자기가 사는 아파트가 전소됐다는 청천벽력 같은 소식이었다. 그것이 세 번째 천사였을까?

천만다행으로 아내와 아이는 무사했다. 그때 생각이 났다. 그 노인의 말! 복을 지으라던.

그날로 구지는 술과 담배와 도박을 끊었다. 어디서나 쓰레기가 보이면 주웠다. 틈나는 대로 청소를 했다. 남을 도왔다. 필요 최소한에 만족했다. 더 바라지 않았다. 그리고 좋은 책을 만들고 싶었다. 왜?

책이 자신을 사람으로 만들어 주었기 때문이었다. 그는 책이 고마웠다. 그 은혜를 갚고 싶었다. 그랬다. 단 한 권의 책이 인생을 바꾸어 주는 일이 있었다. 그러므로 그런 책을 한 권이라도 더 만들고 싶었다. 그 일념이 그를 대형 출판사 회장으로 키웠는데, 그 마음이 얼마나 강했는지는 다음 일화가 잘 말해 준다.

어느 날 구지는 서점에서 책을 사며 상품권의 하나로 복권

한 장을 받는다. 필요 없다고 거절하는데도 "책갈피로라도 쓰라."며 책에 끼워 준 그 복권이 당첨됐다. 그것도 1등이었다. 총 당첨금은 300억 원. 엄청난 금액이었지만 구지는 그 복을 돈으로 받고 싶지 않았다.

구지는 그 복권을 색종이 그림을 그리고 있는 어린 손녀딸에게 주었고, 손녀딸은 그 복권을 가위로 오려 붙여서 그림을 완성했다.

구지는 알고 있었다. 당첨됐으나 당첨자가 찾아가지 않은 복권의 당첨금은 복권 회사가 갖지 않고 사회 복지에 쓰인다는 것을. 아울러 구지는 믿었다. 좋은 일을 하면 복이 모이고, 복이 모이면 좋은 일이 생긴다는 것을. 그에게 좋은 일이란 누군가를 도울 수 있는 좋은 책을 내는 것이었다. 또 그 책이 다 팔려 재판을 찍는 일이었다. 그래야 누군가를 위한 다음 책을 만들 수 있기 때문이었다.

구지의 세계관에 동의한다. 하늘에도 은행이 있다. 건물도 없고, 따라서 은행원도 없지만 계산이 정확하다. 하늘 은행은, 아니 천지는 말한다.

남이 은행이다. 그에게 생각으로, 입으로, 행동으로 한 모든 것들이 그대에게로 돌아온다. 그러니 걱정할 거 없다. 만나는 사람 모두에게 베풀라. 그를 도우라. 가진 것을 나누라. 친절하라. 그 양을 자꾸 키우라. 받을 생각 말고 자꾸 주라. 끝없이 주라. 간 것은 돌아온다. 여러 가지 방식으로 돌아온다.

불교에도 있다. '복과 덕이 오더라도 받지 말라.'는 뜻의 불수복덕不受福德의 가르침! 풀어 말하면, 해가 바뀌면 '복 많이 받으세요.'라고 새해 인사를 하지만, 그와 반대다. 받으려는 생각은 모두 버리고, 끊임없이 지으라는 거다. 하늘로 던진 돌과 같다. 그러니 돌려받을 것은 신경 쓰지 말고 끊임없이 선행을 주위에 베풀라는 그런 말씀이다. 지구와 세상은 그렇게 생겨 먹었다는 거다.

화엄경 펼쳐 놓고 산창을 열면

이름 모를 온갖 새들 이미 다 읽었다고

이 나무 저 나무 사이로 포롱포롱 날고……

— 조오현 승려의 시, 「산창을 열면」 중에서

저 계곡물 소리 그대로 부처님의 장광설이며

저 산 그대로 부처로구나

오늘 내게 온 이 팔만 사천 법문을

무슨 수로 다른 이에게 전해 줄꼬

— 당나라 시인 소동파

2부   땅의
말씀을 듣다

다시 천 리

어떤 일
풍경
사람과 만날까?

하루 안에는
팔만대장경과 바이블이
한 번도 감춘 적 없이
다 들어 있나니

하루 하루
잘 보고 들으며
옮겨 적는다
서툰 대로
어리석은 대로

다시 천 리

살아 있는 화수분

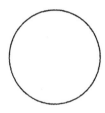

이제 이것이 무엇인지 당신은 안다. 그렇다. 우리가 사는 별, 지구인데, 당신은 아는가? 지구는 신비한 흙항아리라는 걸?

이 흙항아리에는 무엇인가를 넣으면 그것이 불어나서 나온다. 항아리가 불려서 돌려준다. 예를 들어, 볍씨 한 알을 넣으면 500알에서 2000알까지 불려서 돌려준다. 옥수수도 그렇다. 보리, 밀, 수수 따위도 마찬가지다. 토마토, 오이, 호박 등도 그렇나. 고구마는 싹을 틔워 심는다. 고구마 한 알에서 수십 개의 싹이 나는데, 그 싹 하나를 심으면 커다란 고구마가 평균 잡아 대여섯 개는 열린다. 과일나무 씨앗은 다시 심지 않아도 된다. 한번 심으면 여러 해를 살며 많은 양의 열매를 해마다 우리에게 준다. 밤나무처럼 오래 사는 나무는 2대, 3대 자손에게까지 알밤을 준다.

어느 날 쓴 글이다.

며느리네에 애호박 하나가 먹게 자랐다. 첫 호박이었다. 며느리는 그걸 따서 걸어서 삼사 분이면 갈 수 있는 시부모님댁에 갔다.

어머니, 맏물이에요, 그러니 이 호박은 어머니네서 드세요.

시어머니가 웃었다.

우린 벌써 두 덩이나 따서 먹었다. 그러니 고맙다만 그건 도로 가져가 너희가 먹어라.

여기서 며느리는 곁지기인 소금쟁이다.

호박도 같다. 한 알의 씨앗을 심으면 지구는 여러 덩이로 늘려서 돌려준다. 지구는 그러므로 살아 있는 화수분이라 해야 한다. 동화 속의 항아리가 아니다. 언제나 볼 수 있고, 만질 수 있는 항아리다. 우리는 그 항아리 위에서 살고 있다. 언제라도 그 항아리에 씨앗을 넣을 수 있다.

*

잘 아시다시피 화수분이란 요술 항아리를 말한다. 쌀 한 되를 넣으면 그 쌀이 배로 불어난다. 동전 하나를 넣으면 한 자루의 동전이 나온다. 무엇을 넣으나 늘어난다. 그것이 화수분인데, 사실은 땅이야말로 그렇다. 땅은, 달리 말해 지구는 이렇게 화수분보다 더 재주가 좋은 화수분이다. 이야기 속의 실재하지 않는 항아리가 아니라 실제로 있는, 누구나 쓸 수 있는, 우리 곁에 있는 살아 있는 항아리인 것이다.

그 항아리는 사람을 가리지 않는다. 남녀노소는 물론 어느 나라 사람이냐도 따지지 않는다. 어떻게 살아왔느냐도 묻지 않는다. 그렇다. 살인이나 상해와 같은 큰 죄를 지은 사람에게도 그 죄를 묻지 않는다. 똑같이 돌려준다. 온 힘을 다 내어서 불려 준다. 그렇다. 착한 항아리다.

성경에는 이런 대화가 나온다. 예수와 베드로 사이에 오간 말이다. 마태복음 18장 21절과 22절의 이야기다.

베드로가 묻는다.
"주님, 제 형제가 저에게 죄를 지으면 몇 번이나 용서를 해 주어야 합니까? 일곱 번까지 해야 합니까?"
예수가 대답했다.
"일곱 번이 아니라 일흔일곱 번까지 용서해야 한다."

일흔일곱 번은 '끝없이'의 상징이리라. 5장 45절에서는 이렇게 말한다. "그분께서는 악인에게나 선인에게나 당신의 해가 떠오르게 하시고, 의로운 이에게나 불의한 이에게나 비를 내려 주신다."

이 말씀에서처럼 땅만이 아니다. 해와 비도 과거를 묻지 않는다. 따지지 않는다. 무조건적인 사랑이다.

땅은 늘 보여 주고 있다. 행동으로, 삶으로 자식들에게 이르고 있다.

용서해라.

　다른 자식들은 다 따른다. 작은 개미부터 덩치가 큰 코끼리
까지 수백 만이나 되는 자식들이 모두 다 어머니 땅의 말씀을
따른다. 단 한 새끼만이 말을 안 듣는데, 그렇다, 인류다. 그들
은 어머니와 아버지 용서 덕분에 살면서도 자기에게 잘못한
사람이 있으면 한 벌밖에 없는 옷을 벗기고, 여러 사람 앞에서
욕을 보이고, 감옥에 집어넣기도 한다. 돌고 도는 그 위대한
사랑은 이렇게 사람에게 오면 멈춰 선다.

　땅은, 곧 지구는 곡식이나 채소만이 아니라 양말을 주기도
한다. 도깨비방망이다. 말도 안 된다고? 아니다. 참말이다. 내
이야기를 좀 들어 보라. 그 사연을 나는 2019년 10월 26일 엽
서에 이렇게 썼다.

　해마다 10월 10일 무렵이면 저희는 풋고추를 땁니다. 더 두
어도 붉게 익지 못하기 때문입니다. 그 무렵이면 첫서리가 내
리는데, 그러면 그날로 다 망가지기 때문입니다.
　거둔 풋고추로는 장아찌를 만듭니다. 크게 한 자루 따고도

그보다 몇 배 더 많은 풋고추가 남습니다.

한 주에 한 차례씩 오는 이웃이 있습니다. 300평 남짓 텃밭 농사를 짓고 있는 목사님 내외입니다. 남은 고추는 그분들이 따 갔습니다. 아내가 그러라고 했다 합니다.

사나흘 전의 일입니다. 그 목사님네가 준 것이라며 아내가 양말 두 켤레를 내어놓았습니다. 아이, 아내, 저 앞으로 각각 두 켤레씩이 왔다 합니다. 그렇습니다. 고추가 양말이 돼서 돌아왔습니다. 신비한 둔갑입니다. 어떻게 알았을까요? 아이나 아내는 몰라도 저는 신을 양말이 부족했거든요. 오늘 그 둘 중 하나를 꺼내 신었습니다.

그렇다. 사람도 화수분이다. 살아 있는 화수분이다. 심으면 난다. 심은 대로 난다. 세 가지 씨앗이 있다. 하나는 행동이고, 둘은 말이고, 셋은 생각이다.

봄여름가을겨울

나 늙는 동안
그대는 자랐구나
밭가 뽕나무

2021년 3월 21일에 내게 온 하이쿠다.

뽕나무는 절로 난다. 심기도 하지만 절로 잘 난다. 어디서나 그렇다. 아마도, 아니 틀림없이 새들이 심었으리라. 새들이 뽕나무 열매인 오디를 먹은 뒤 여기저기 다니며 배설한 것이 파종으로 이어졌으리라.

우리 밭에도 크고 작은 뽕나무가 여러 그루 자라고 있다. 그

가운데 어느 한 나무 내가, 혹은 우리 식구가 심은 게 없다. 모두 절로 난 뽕나무다. 새가 심은 뽕나무다. 둑이 커서 그렇겠지만 다 세어 보면 스무 그루도 넘으리라. 그 가운데 큰 뽕나무는 갈 때마다 봐서 모르지만 눈에 잘 안 띄는 작은 뽕나무는 그새 이렇게 컸구나, 하고 놀라게 된다.

가끔 거울에 비친 내 얼굴에 내가 놀랄 때가 있다. 피곤할 때, 환한 곳에서 볼 때 특히 그렇다. 많이 늙었구나! 청춘이 다 갔구나! 하는 생각이 든다.

위의 하이쿠가 온 날에는 그 두 가지 체험이 함께 왔나 보다. 거울을 보며 인생무상을 느끼고 밭에 왔는데, 밭둑의 뽕나무는 또 몰라보게 자랐던가 보다.

뽕나무와 내 얼굴만이 아니다. 모든 것이 바뀐다.

가을 오며
모든 게 바뀌는 걸 보며
날 떠난 그 사람을
내가 버린 그 사람을
덜 아프게 바라보게 되네요.

바뀌는 거,

봄 여름 가을 겨울

변하는 거 보며

사람 마음 변하는 거 포함하여

바뀌는 게

하늘 사랑인 걸 알고

그 사람에

그 일에

덜 아파지네요.

봄

여름

가을

겨울이 있는 게

인생임을 알겠네요.

여름이나

겨울만 있는 것보다

그쪽이 더 좋다는 걸 알겠네요.

「가을에」라는 시다. 내가 쓴 시다. 그 시를 쓴 날도 그랬지만 지금도 그 생각은 변함이 없다. 무상한 것이, 곧 바뀌는 것이,

바뀌게 만드는 것이 하늘의 사랑이 아니겠냐는 거다.

*

물론 바뀌는 것이 모두 좋은 것은 아니다. 고통을 주기도 한다. 내 뜻대로 바뀌지 않을 때도 많다. 어쩌면 그쪽이 더 많을지도 모른다. 날씨도 그렇다. 4월 9일의 엽서는 그 소식을 이렇게 전하고 있다.

사나흘 이상 저온 현상이 이어지고 있어요. 한식날(4월 6일) 눈이 내렸어요. 4월 9일인 오늘 새벽에도 눈이 내렸어요. 한식날의 눈은 먼 산에만 쌓이고, 가까이 내리는 눈은 내리며 녹았지만, 오늘 내린 눈은(아니네요. 새벽이 아니라 어제저녁부터 내렸네요!) 지붕에도, 장독에도, 나뭇가지에도 쌓였어요. 당연히 밤 기온은 영하 이하로 떨어졌어요.

그 피해가 없지 않았다.

이 이상 기후의 가장 큰 해를 입은 건 정원의 진달래와 목
련이에요. 진달래는 만개한 상태였는데 모두 얼어 죽고 말았
어요. 목련은 꽃도 피워 보지 못하고 꽃망울 상태에서 얼어
죽었어요.

그런 일도 있지만 크게 보면 계절이 바뀌어 다행이다. 그래
서 나는 불교에서 말하는 여래를 사계절로 본다. 왜 그럴까?
앞의 엽서는 이렇게 이어진다.

아주 큰, 헤아릴 수 없이 큰 사랑이 있다고 하고, 그가 온다
면, 아니 오신다면, 봄여름가을겨울이 아니겠냐는 거죠. 그보
다 큰 사랑의 증표는 없지 않겠느냐는 거죠.
봄이 오시었어요. 4월의 눈도 봄이 오시는 모습의 하나예
요. 간밤의 눈은 어느새 다 녹았네요!

그러므로 더울 땐 더위를, 추울 땐 추위를 즐기는 게 가장

좋나. 더위와 추위가 그대로 우리를 향한 우주의 사랑이자 축복이기 때문이다. 2월 17일의 일이었다. 그날도 추웠다. 몹시 추웠지만 나쁘지 않았다. 그날의 그 경험을 나는 이렇게 엽서에 적었다.

오늘도 몹시 춥네요. 어제도 추웠지만, 오늘은 더 추웠습니다. 하루 가운데 가장 기온이 높은 오후 두세 시에도 얼굴이 에일 듯 시리고, 손은 시리다 못해 아렸지만, 그래서 좋았습니다. 오래 다시 못 볼 동장군이었습니다. 곧 그리워질 님이었습니다. 시린 손을 비비며 그 품 안에 있었습니다. 도끼질도 하고, 지게질도 하며 그 품 안에 있었습니다.

다시 말하지만, 내 눈에는 바뀌는 것이, 항상하지 않고 무상한 것이 큰 하나의 사랑인 것 같다. 봄만 있거나 겨울만 있지 않고, 여름과 가을이 있어 다행이다. 많은 사람이 말한다. 죽는 건 여전히 두렵지만, 영원히 사는 것도 바라지 않는다고. 언젠가는 죽게 돼 있어서 다행이라고.

눈 온 뒤에
솔숲에 가면
소나무들이 장난을 친다

파란색 넓은 손에
눈을 받아 두었다가
기다렸다는 듯이
던지며 웃는다
내 몸에 맞아도 웃고
안 맞아도 웃는다
어깨를 들썩이며
웃는다

그 바람에
아직도 나무에 남아 있던
솔잎이 진다
덩달아
갈잎도 진다

— 눈 온 뒤에 솔숲에 가면

라코타족 인디언인 위대한 붉은 사람은 『아주 단순한 지혜』라는 책에서 이렇게 말한다.

> 우리는 성경 대신 바람과 비와 별들의 말을 듣습니다.
> 우리에게 세상은 펼쳐져 있는 성경입니다.
> 우리는 수백만 년 동안이나 그것을 읽으며 공부하고
> 있습니다.

사계절 또한 그렇다. 펼쳐져 있는 성경인 것이다. 그것을 알고 귀를 기울이기만 하면 우리는 봄여름가을겨울로부터 날마다 수많은 말씀을 들을 수 있는 것이다.

호랑이 돌보기

그 산은 우리 마을의 동산이자 우리 집안의 선산이기도 하다. 이삼십 평쯤 되리라. 산자락인 그곳을 그곳에서 가까운 몇 집이 오랫동안 쓰레기장으로 썼는데, 그곳에 들나물인 전호나물이 난다. 우리 마을에는, 내가 아는 한 그곳에만 난다.

우리도 작년에 처음 알았다. 그 풀이 거기서 나고, 또 먹는 풀인 것을 말이다. 작년에 한 지인이 먹을 수 있는 여러 종류의 풀을 사진으로 찍어 보내 준 적이 있는데, 그 풀들을 보다가 어, 이 풀은!? 그렇게 알게 된 풀이다. 이와 같아서 그 풀이 먹을 수 있는 풀인 줄 아는 사람이 우리 마을에는 아직은 없다.

전으로 부쳐도 좋고, 날로 무쳐도 좋다. 장아찌로도 좋고, 쌈채소로도 좋다. 말려 두고 차로 마셔도 좋다. 감기 기운이 있을 때 큰 효과를 본다고 한다. 우리는 주로 날로 먹는다. 비빔밥에 넣어 먹고, 날 것으로 무쳐 먹는다.

전호나물은 고향이 울릉도라던데 어떻게 바다를 건넜고, 육로는 또 어떻게 왔을까? 신기하고 기쁘다. 그 나물이 있어 앞으로는 봄이 더 즐겁게 됐다. 고마운 일이다.

2021년 4월 13일에 쓴 글이다. 그로부터 1년이 지난 2022년 4월 4일에 쓴 엽서는 다음과 같다. 그곳, 전호나물이 있는 그곳 이야기다.

쓰레기 수거라는 것이 없던 옛날에 마을 사람들은 산과 강에 쓰레기를 버렸습니다. 저희 집안의 선산에도 그런 곳이 두 곳 있습니다. 그곳에서 가까운 집에서, 지금은 안 그러지만 옛날에는 여러 해 쓰레기를 버려 왔던 곳입니다. 그곳의 쓰레기를 오늘 치웠습니다. 많은 양의 쓰레기가 나왔습니다. 그 쓰레기를 분리해서 쓰레기봉투에 담아 마을 공동의 수거지에 가

저다 놓았습니다. 50리터 쓰레기봉투 열한 개에 40킬로 마대 자루 다섯 개를 냈습니다. 마대 자루에는 유리류와 쇠붙이류를 나눠 담았습니다.

그렇게 청소를 마치니 밭이 생겼습니다. 두 곳이나 밭이 생겼습니다. 그냥 밭이 아닙니다. 야생초밭입니다. 나무도 있으니 숲밭이라고 불러도 됩니다. 한 곳은 은행나무와 밤나무, 두릅나무가 있습니다. 절로 나 자란 나무입니다. 아니, 은행나무는 누군가 심었겠네요. 아름드리 그 나무를 누가 심었을까요? 그 나무 아래에는 먹을 수 있는 풀이 많이 있습니다. 머위, 달래, 돌나물, 전호나물과 같은 들나물입니다. 모두 절로난 풀입니다.

또 한 곳에는 달래와 더덕, 참취 등이 자랍니다. 더덕은 어머니가 심으셨습니다. 그곳은 두릅나무밭이기도 합니다. 옆에는 아름드리 밤나무가 있고요.

두 곳 합쳐 어림잡아 40평쯤인데, 그만큼 지구가 깨끗해졌습니다. 그런 마음으로 청소를 했습니다. 어디나 지구입니다.

이런 생각도 있었습니다. 쓰레기를 치우는 일은 호랑이에게 생긴 피부병을 치료하는 일이라는. 왜 그럴까요? 제게 산은 호랑이기도 하기 때문입니다. 지구가 저의 큰 나이듯이 산은 호랑이의 큰 나입니다. 쓰레기는 그러므로 호랑이에게 생긴 피부병입니다.

*

소련의 우주 비행사 가가린! 그는 1961년 4월 12일에 발사된 보스토크Vostok 1호를 타고 지구 궤도를 돌았다. 길지 않았다. 두 시간이 채 못 되는 1시간 48분간이었다고 한다. 그는 그 시간에 우주에서 지구를 본 첫 번째 사람이 됐다. 그전에는 아무도 본 적이 없는 지구였다. 그는 지구를 보고 이렇게 말했다 한다.

"지구는 파랗구나!"

인류가 사진으로나마 이 푸른 지구를 볼 수 있었던 것은 그로부터 7년 뒤인 1968년 12월 24일의 일이었다. 아폴로 8호의 조종사 윌리엄 앤더스가 찍은 사진을 통해서였다. 그의 사진에 찍힌 지구는 가가린의 말처럼 아름다운 녹색이었다.

그 녹색의 별 지구를 밤에 달에서 보면 둘로 나뉜다고 한다. 하나는 청회색이고, 다른 하나는 금빛으로 빛나는 인간의 도시다. 앞의 것을 자연권이라 한다면, 뒤는 인간권이라 해야 하리라.

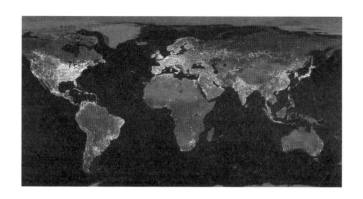

　이 사진에서 보이듯이 지구는 인류의 별이라 해도 될 듯하다. 인간권이 지구 전체를 뒤덮고 있기 때문인데, 그것이 반갑지만은 않다. 인간권은 크기만 다를 뿐 내용은 우리 마을과 다르지 않기 때문이다. 인간권에서는 어느 한 곳 빼놓지 않고 많은 양의 쓰레기를 주변에 버림으로써 하늘과 땅과 물에 피부병을 불러오고 있기 때문이다. 크게 보면 지구는 한 마리의 호랑이라고도 할 수 있는데, 그 호랑이는 중증 피부병으로 고통받고 있다고 해야 한다.

　많은 가르침이 진짜 나는 안에 있다고 하지만, 아니다. 바깥도 나다. 나 아닌 것이 사실은 모두 나다. 진짜 나는 안에 있다고 알고 거기 머물면 반쪽 앎이다.

아니라고? 그렇다면 입을 닫아 보라. 한 달 이상 살기 어렵다. 코를 막아 보라. 10분 이상 견디기 어렵다. 이와 같이 나는, 그대가 어떤 사람이든, 나 아닌 것이 있어서 산다. 그것이 무한정, 그리고 조금도 생색내지 않고 주어지고 있기 때문에, 오히려 그래서 그대는 그 덕분에 살 수 있다는 걸 못 보고 있을 뿐이다. 그런데도 많은 선지식이 참나는 '내 안에 있다.'는 데 머물러 있다. 아쉽고 놀라운 일이다.

호랑이를 낳고, 키우는 것은 산이다. 호랑이의 엄마는 산이다. 호랑이 새끼는 어미 호랑이 젖을 먹고 크지만, 그 젖은 어디에서 오나? 산에서 온다. 호랑이는 육식동물이므로 그가 먹는 산짐승에서 온다고? 그렇다면 그 산짐승은 어디서 오나? 산이다. 산에 난 풀과 나무다. 젖을 뗀 뒤에 그가 먹는 것도 이와 다르지 않다. 그가 먹는 멧돼지나 노루나 너구리와 같은 산짐승들이 사실을 산의 젖인 것이다. 그렇게 말해도 틀리지 않는 것이다.

지구가 곧 지장보살

몇 해 전부터 자주 엽서를 썼다. 그러다 작년부터 하루 한 통을 목표로 했다. 처음에는 그게 어려웠지만, 지난해 여름부터 빼먹지 않고 쓰게 됐고, 그것을 자연농 배움터인 지구학교 카페와 밴드에 공개하고 있다. 2019년 12월 19일 엽서에 나는 이렇게 썼다.

제 방에 노린재 한 마리가 들어왔어요. 제 무릎에도 올라오고 손등을 기어다니기도 하네요. 지금은 제 가슴팍에서 가만히 멈춰 서 있습니다.

어제 왔어요. 무슨 노린재인지 궁금했어요. 곤충도감을 꺼
내 찾아보았는데 나오지 않았어요. 60여 마리나 되는 노린재
가 소개된 도감이었는데도 이 노린재는 거기에 없었어요.

함께 지내기로 했어요. 이 노린재가 제 방에서 탈 없이 겨
울을 났으면 좋겠습니다. 함께 봄맞이를 할 수 있으면 좋겠습
니다. 물도 없고 밥도 없어 걱정이지만 어떻게든 이 노린재가
살아남아 함께 봄을 볼 수 있으면 좋겠습니다.

그 노린재는 그러나 오래 살지 못했다. 노린재가 죽은 날인
1월 6일에 나는 이런 엽서를 썼다.

오늘 그 노린재가 죽었습니다. 작년 12월 19일에 소개했던
그 노린재입니다. 제 방에서 겨울을 나던 그 이름을 알 수 없
었던 노린재가 오늘 죽었습니다.

아마도 나와서 돌아다닌 게 화를 불렀나 봅니다. 한곳에서
꼼짝 않고 봄을 기다려야 했는데 그는 그렇게 하지 못했습니
다. 먹을 게 없는 데서 자꾸만 움직였으니 기력이 다할 수밖
에요!

집 곁에 서 있는 커다란 소나무 아래에 묻었습니다. 언 땅을 조금 파고 묻으며 빌었습니다. 그가 이제부터 새로 시작하는 여행이 즐거웠으면 좋겠다고.

그렇게 노린재의 장례식을 치르며 드는 생각이 있었습니다. 아니, 생각이 아닙니다. 놀람이자 깨달음이었다 해야 합니다.

저는 땅을 파고 그곳에 노린재를 묻었습니다. 노린재만이 아니죠. 기르던 개나 고양이가 죽으면 우리는 그들을 땅에 묻습니다. 사람도 땅에 묻습니다. 음식물 쓰레기도 땅에 묻습니다. 그 사실이 놀라웠습니다. 우리는 모든 것을 땅에 묻습니다. 깨진 유리병에 온갖 플라스틱, 비닐, 깡통 따위를 땅에 묻습니다.

이걸 보면 땅은 지장보살地藏菩薩이다. 땅 바깥이나 안에 지장보살이 있는 게 아니다. 땅 그 자체가 지장보살이다. 왜 그런가? 한국민족문화대백과사전에 실린 다음 글을 보시기 바란다. 그 사전은 지장보살을 이렇게 말하고 있다. 좀 길지만 그대로 옮겨 적기로 한다.

지장보살에게는 다른 보살에게서 찾기 어려운 몇 가지의

특징이 있다. 첫째는 사신의 성불成佛을 포기한 보살이라는 거다. 불교의 궁극적인 이상은 성불이고, 모든 중생의 성불은 부처가 보장하지만, 지장보살만은 예외다.

그는 모든 중생, 특히 악도惡道에 떨어져서 헤매는 중생, 지옥의 고통을 받으며 괴로워하는 중생들 모두가 빠짐없이 성불하기 전에는 결코 성불하지 않을 것을 맹세한 것이다. 그러나 모든 중생의 성불은 기약할 수 없는 것이므로 지장보살은 성불을 사실상 포기한 것이나 다름이 없다. 지장보살을 커다란 소원을 세운 진짜 존경할 만한 부처라는 뜻에서 대원본존大願本尊이라 하는 것도 이 때문이다.

둘째, 정한 업을 면하기 어렵다는 불교의 일반설이 지장보살에게는 적용되지 않는다. 이 세상의 모든 중생의 운명은 전생의 업에 의하여 이미 결정되어 있다는 것이 업보 사상이다. 누구든지 업보에 의해서 결정된 괴로움은 피할 수 없다는 것이다.

그러나 지장보살은 이와 같이 정해진 업도 모두 소멸시킨다. 지장보살에게 귀의하여 해탈을 구하면 악도에서 벗어나서 천상락天上樂을 얻을 수 있다는 것이다. 이것은 죽은 뒤뿐만 아니라 살아 있을 때도 똑같이 적용이 된다.

셋째, 지장보살은 부처가 없는 세상에서 모든 중생의 행복을 책임지는 보살이다. 악업의 중생들을 보살펴 자비로써 감싸 주는 지장보살의 사상은 끝없는 용서를 바탕으로 하고 있다. 이 지장보살에게는 벌을 받게 버려두어야 할 중생이 하나도 없다. 그는 모든 중생을 한계 없이 용서하여 천상락을 누리게 하고, 열반의 길에 들게 인도하는 것이다.

— 〈지장보살〉, 한국민족문화대백과사전

이 가운데 나는 다음 글이 가장 좋다. "이 지장보살에게는 벌을 받게 버려두어야 할 중생이 하나도 없다. 그는 모든 중생을 한계 없이 용서하여 천상락을 누리게 하고, 열반의 길에 들게 인도하는 것"이 그것이다.

누가 그렇게 할까? 땅이다. 땅밖에 없다. 지장보살이란 그러므로 사실은 땅의 다른 이름인 것이다. 땅을 의인화한 것이 지장보살인 것이다. 우리는 땅에 온갖 것을 버린다. 노린재만이 아니다. 여러 가지 쓰레기를 버린다. 버려서는 안 되는 것을 버려도 땅은 받아들인다. 받아들여 살려낸다.

그것은 우리의 주검도 같다. 땅은 우리의 주검을 새싹으로 바꿔 준다. 꽃으로, 벌나비로 바꿔 준다. 새로, 새의 노래로 바꿔 준다. 나무로 자라게 해 준다.

산은 화가

10월 23일은 잊을 수 없는 날이다. 특별한 날이기 때문이다. 어떤 일이었는지는 그날의 엽서가 잘 말해 주고 있다.

오늘 오전에는 이색적인 퍼포먼스에 동참했습니다. 자연농 다큐멘터리 「Final Straw」를 만든 패트릭의 아이디어/창작입 니다. 그는 어제 30×40cm쯤 돼 보이는 캔버스를 가지고 왔 습니다. 모두 열 장이었습니다. 그것을 오늘 저희 밭가에 있는 산에 던져 놓았습니다. 저를 포함해 자연농 다큐멘터리에도 나오는 무라카미 켄지村上研二, 그 다큐멘터리를 『불안과 경쟁이 없는 이곳에서』라는 제목의 책으로 만든 출판사 열매 하나 대표, 무라카미 켄지의 한국인 친구, 그리고 저희 이웃 마을에 와 살며 자연농을 배우고 있는 이파람과 참참 등이 산에 던져 놓았습니다. 저는 나뭇가지 사이에 끼워 놓았습니다.

오늘부터 자연/산이 그림을 그리고, 그 그림을 1년 뒤의 오늘 회수하여 서울의 한 화랑에서 전시합니다. 작품이 팔리고 돈이 들어오면, 그 돈은 산에 준다고 합니다. 산/자연이 그렸기 때문입니다.

나는, 앞에도 썼지만, 가지 많은 나무에 캔버스를 끼워 놓았다. 캔버스를 어떻게 놓을 것인지는 참가자 자유였다. 자유였지만 산 안이라야 했다. 산이 그림을 그린다. 그러자면 산 안, 다시 말하면 산의 손이 닿는 곳이라야 했다.

이런 까닭에 이 이벤트 이름은 '숲은 예술가Forest is the Artist'였다.

그 뒤에는 어떻게 됐을까? 패트릭은 약속대로 1년 뒤 같은 날에 다시 왔다. 엽서를 보면 그날의 일이 꼼꼼하게 적혀 있다.

해가 짧아졌어요. 요즘은 아침 6시가 넘어야, 그러고도 10분, 혹은 20분은 지나야 콩인지 팥인지 구분이 갑니다. 오늘 아침 6시 반에 저는 미국인인 패트릭과 그의 아내 솔밧과 함께 우리 동네 산에 갔어요.

꼭 1년 전의 일이에요. 그날 산에 던져 놓은 캔버스를 거두어 가려고 어제 솔밧과 패트릭이 저희 집에 왔어요. 어느 미술관 큐레이터와 함께 왔어요. 저는 집 짓는 일로 바빠 함께 가지 못했어요.

패트릭은 어제 열 장 중 일곱 장은 찾았지만 나머지 세 장은 찾지 못했어요. 오늘 아침 우리는 그 세 장을 찾으러 갔어요.

정성을 다해 샅샅이 뒤져 보았지만, 어디에도 없었어요. 아쉬웠지만 포기할 수밖에 없었을 때 패트릭은 이렇게 말했어요.

"그 세 장은 산이 마음에 들지 않았나 봐요. 그래서 사람들에게 보이고 싶지 않았나 봐요."

사람은 아닐 것 같았다. 내 짐작에는 빗물이 가져갔을 거 같았다. 장마 때나 태풍이 불 때 많은 양의 비가 쏟아지며 그 빗물에 쓸려 갔을 거 같았다. 그렇게 여기고 골짜기와 그 골짜기 끝의 시냇물을 따라 멀리까지 가 보았으나 찾을 수 없었다. 아마도 빗불이 바다에 사는 용왕에게 가지고 간 듯했다. 그러므로 산이 그린 그 그림은 용궁이거나 용궁미술관에 보관돼 있을 것 같았다.

*

약속했던 날에 전시회는 열렸다. 개막식에 갔다. 많은 사람이 왔다. 전시회는 크게 성공할 것 같았다.

하지만 너무 앞질러 간 것일까? 보러 오는 사람은 많았지만 그림을 사겠다는 사람이 없었다. 돕고 싶었다. 나는 그 생각을 글로 적었고, 그 글을 사진으로 찍어 널리 알렸다. 이런 글이었다.

(발을 구르고 손벽을 치며) 쿵쿵짝짝, 자, 어서 가세요. 어서 가서 숲이 그린 그림을 사세요. 얼마 남지 않았어요. 24일까지예요. 서울시 마포구 연남동에 있는 플레이스 막Place Mak에 전

시돼 있어요. 전시회 이름은 'Forest is the Artist' 곧 '숲은 예술가다'입니다.

왜 구입을 서둘러야 할까요?

첫째는 숲이 그렸기 때문입니다. 아마도 세계 최초일 겁니다. 들판에 붓을 넘긴 이는 있었지만, 숲에게 그렇게 한 이는 이 전시회 기획자인 패트릭이 처음입니다.

둘째는, 세계 미술사에 길이 남을, 미술사를 새롭게 쓰게 만들 작품이기 때문입니다. 그렇습니다. 소장 가치가 크지요.

셋째는, 상징성이 큰 작품이기 때문입니다. 인간 중심에서 자연 중심으로의 변화, 사막화의 극복, 자연으로의 귀의 등이 앞으로 우리 인류가 가야 할 길인데, 숲이 그린 그림은 그 길을 상징하고 있기 때문입니다.

놀랍고 고마운 일입니다. 숲에게 붓을 넘기다니! 인류의 앞날에 희망이 보입니다.

산이 그린 일곱 장의 그림은 모두 같은 화풍이었다. 무엇보다도 도구 때문이었다. 산은 물과 낙엽을 써서 그림을 그렸다. 내리는 비, 그 빗방울이 모인 빗물을 비롯하여 서리와 이슬도 썼으리라. 곤충이나 작은 동물의 도움도 받았을 테지만. 일등

공신은 역시 낙엽이었다. 산은 빗물의 도움을 받아 가며 여러 가지 나무의 낙엽을 물감으로 썼다. 산은 낙엽 중의 일부를 캔버스에 붙이기도 했다.

그렇게 산이 그린 그림은 비구상이었다. 한 마디도 읽어 낼 수 없었지만, 만 마디를 하는 그림이었다. 그렇다. 산과 같았다.

사실 산은 늘 그림을 그린다. 풀과 나무로 그린다. 벌과 새, 나비, 산짐승 등도 다 산의 그림이다. 봄에 나는 새싹도, 이어서 피는 꽃들도, 짙푸르게 우거지는 잎새들도, 붉게 물드는 단풍도, 그 단풍이 지는 것도, 벌거숭이 나무도, 그 벌거숭이 나무에 내리는 눈도, 그 숲을 흔드는 바람도 다 산의 그림이다. 다른 게 있다면 움직이는 그림이라는 것이리라. 산은 완벽한 그림을 그려 놓고도 그것으로 그만두지 않는다. 다시 바꿔 그린다.

그림만이 아니다. 노래도 부르고 춤도 춘다. 가수이자, 무용수이기도 한데, 이 위대한 예술가의 말을 옮겨 적으면 다음과 같다.

그림이나 춤보다 먼저 삶이다.
좋은 그림을 그리고 싶으면 좋은 삶을 살아라.

숲이야말로 좋은 삶을 산다. 숲은 그 점에서 뛰어난 모범이다. 모두에게 이롭게 살기 때문이다.

물이라는 큰 스승

사흘간 바다에 다녀왔다. 삼척시 원덕읍의 어느 시골 바닷가였다. 그곳에 사는 지인의 초대였다. 사흘간을 바다가 보이는 그의 민박집에서 보냈다.

그가 회도 사고, 밥도 해 주고, 삼겹살에 채소도 사다 줘서 거의 무전여행에 가까운 사흘을 보내고 왔다. 가지고 갔으나 열지도 못하고 도로 가져온 식자재도 많다.

바다에서 직선거리로 어림잡아 100미터쯤 되는 곳에 있는 집이었다. 거실에 앉아서도 바다가 보이는 집이었다. 파도 소리도 들렸다.

나 혼자가 아니라 30대와 50대 젊은이들과 함께 간 여행이었다. 그 두 사람과 2박 3일간 많은 이야기를 나누며 즐거운 시간을 보냈다. 그중 한 사람이 한 다음과 같은 말이 기억난다.

"먹고 남은 곡식을 저장하기 가장 좋은 곳은 창고가 아니라 친구 배 속이다."

바다에도 자주 갔다. 바닷가를 걸었고, 오래 앉아 있기도 했다. 바다의 말씀도 듣고 싶었다. 버릇이다. 바다에 가면 늘 그렇게 하는데, 이번에는 이런 말씀을 하셨다.

"거스르지 마라. 그러면 힘들 일이 없다."

"……"

"너도 봤지? 내가 종일토록 쉬지 않는 거. 밤새도록 파도치는 거. 그러면서도 나는 조금도 힘들어하지 않는데, 그 비결이 무엇일 거 같니? 그건 내가 움직이는 게 아니기 때문이야. 그대도 알잖아. 나를 움직이는 건 내가 아니고 달이고 지구잖아. 다시 말해 그 둘이 만드는 인력인 거 너도 알잖아? 그렇지. 내가 하는 일이라고는 그들을 거스르지 않는 것뿐이지."

궁금했다.

"사람의 경우는요?"

"Others before self! 누구를 만나나 그를 앞세우는 거지."

바다는 변함없이 크고 넓고 아름다웠다!

*

바다만이 아니다. 바다의 열매라고도 할 수 있는 비도 만만
치 않다. 그 속이 깊고 깊다. 끝이 보이지 않는다. 예를 들면 이
와 같다. 초겨울의 어느 날이었다.

오늘도 비가 내린다. 어제에 이어 이틀째다. 아침에 우산을
쓰고 조금 걸었다. 걸으며 보았다.

비, 혹은 빗물은 부처였다. 말없이 모습만으로 나를 일깨우
는 부처였다.

빗방울이 보여 주었다. 그는 어디서든 가장 낮은 데 몸을 두
었다. 솔잎처럼 처신하기 어려운 곳에서도 한사코 낮은 곳에
자리를 잡았다. 위에 앉은 물방울은 어느 솔잎에서도 보이지
않았다. 물방울은 밤낮없이 아래로 아래로 흐르는 강 아빠
와 바다 엄마에게서 잘 배운 거 같다.

빗물이 모여 만드는 크고 작은 물웅덩이도 큰 선지식이었다. 물웅덩이는 보여 주었다. 살아만 있으면 된다고. 그러니 동그라미, 곧 성공과 실패, 사랑과 이별에 너무 애면글면하지 말라고, 동그라미에 집착하여 물웅덩이를, 곧 건강을, 삶의 기반을 해치지 말라고. 동그라미처럼 세상만사는 모두 왔다가 간다고. 그러니 물웅덩이를 지키며 동그라미를 즐기라고. 그것이 실패이고 이별일지라도!

물은 크다. 그 모습만 해도 여러 가지다. 비, 눈, 구름, 안개, 이슬, 샘, 음료수, 시냇물, 실개천, 하천, 강, 호수, 연못, 둠벙, 바다, 만, 폭풍, 장마 등에 비만 해도 하나가 아니다. 여러 가지 비가 있다.

물은 두께가 없는 경전이다. 그러므로 누구도 다 읽을 수가 없는데, 어느 날 뵈러 갔더니, 바다는 내게 이런 가르침을 주셨다. 속초에 있는 바다였다.

오, 바다는
내 발아래
사람의 발아래 살고 있구나!

사람은 그가 누구든
바다보다 낮아질 수 없구나!

이것이
바다가 이렇게
가없이 큰 이유였구나!

2023년 1월 31일에는 이런 말씀을 주셨다. 삼척에 있는 고포라는 작은 바다였다.

이르노니
너희 나라가 먼저 총을 버려라
모든 무기를 버려라
그렇다. 그러면
이웃 나라가 쳐들어와
너희 나라를 빼앗으며
두 나라는 한 나라가 될 것이다
너희는 그때도
남은 이들을 설득하여
총을 버려라

모든 무기를 버려라
그렇다 그러면
이웃 나라가 쳐들어와
너희 나라를 빼앗으며
두 나라는 한 나라가 될 것인데
그때도 또 총을 버려라
모든 무기를 버려라
나처럼
수만 수억 년을
파도치는 나처럼
이웃을 설득해
총을 버려라
모든 무기를 버려라
지구 위에서 무기가 모두 사라질 때까지
총을 버려라
모든 무기를 버려라

하나님의 노래

어디나 그렇다. 해마다 아이들이 태어난다. 시골도 그렇다. 그 가운데 시골에 남는 아이는 몇 안 된다. 남는 이보다 훨씬 더 많은 사람이 떠난다. 일을 찾아서 떠난다. 어떤 사람은 초등학교를 마치고 떠난다. 어떤 사람은 중학교를 마치고 떠난다. 어떤 사람은 고등학교를 마치고 떠난다. 어떤 사람은 대학에 가며 떠난다.

그는 중학교에 가지 못했다. 가난 때문이었는데, 그도 떠났다. 스무 살 무렵이었다. 그때까지는 아버지를 도와 농사를 짓기도 했고, 여기저기 품을 팔러 다니기도 했다.

그가 예순을 넘기고 돌아왔다. 땅을 사고, 그곳에 집을 지었다. 개울가의 땅이었다. 한적한 곳이다.

여럿이 모인 자리에서 그에게 들었다. 그가 그곳으로 옮겨 온 지 대여섯 달쯤 됐을 때였다.

"밤에 문 두드리는 소리가 나요. 자주 그래요. 그래서 나가 보면 아무도 없어요."

누군가 물었다.

"밤마다 그래요?"

"예, 밤마다 그래요. 그래서 나가 보면 아무도 없어요. 얼마 전부터는 아예 나가 보지 않아요."

"무섭지 않아요?"

"무섭긴요. 아무렇지도 않아요."

"뭐가 그러는 거예요?"

"귀신이겠지요."

"귀신?"

"그게 그러지 않으면 뭐가 그러겠어요?"

그는 으스대며 말했다.

"내가 대가 세서 그곳에 살아요. 그런 곳에서는 아무나 못 살아요."

"……"

"그 터에 옛날에 곳집이 있었대요. 그래서 그런가 봐."

곳집이라면 상여를 두는 곳이다. 그래서 상여집이라고도 한다. 상여란 사람이 죽으면 넣어 무덤까지 메고 가는 가마를 말한다. 요즘은 장의차가 그 일을 하며 곳집도 다 사라졌다.

문 두드리는 소리가 다가 아니었다.

"사람들이 수군거리는 소리도 들려요. 전에 한 후배가 와서 자고 갔는데, 아침에 일어나 물어요. 형, 어제 여자들 불렀수, 라고. 그게 무슨 소리냐니까, 어젯밤에 바깥에서 여자들이 밤새도록 떠들더라는 거예요. 저도 여러 번 들었어요."

그는 정말 대가 센 사람이다. 그의 말이 사실이라면 그는 귀신 소굴에서 살고 있는 셈이기 때문이다. 밤에 귀신이 와서 문을 두드린다면 그건 참 곤란한 일이다. 하루도 아니고 매일 온다고 생각해 보라. 그게 하룻밤에 한 번도 아니라고 했다. 여러 번 그런다 했다.

게다가 여자들도 와서 수군거린다. 여자들이 모여서 밤새도록 떠든다 생각해 보라. 설령 대가 세서 무섭지 않다고 해도 얼마나 성가시겠는가? 단잠을 자기는 어렵지 않겠는가?

염려도 된다. 아직 그는 젊다. 건강하다. 하지만 그가 더 늙고 그때도 그런 소리가 난다면 지금처럼 받아넘기기 어려울

시 모른다. 몸이 쇠약해지면 마음도 따라서 약해지기 때문이다. 전처럼 아무렇지 않게 보기가 어려워질 수도 있다. 지금은 이기고 있다. 하지만 그때는 질지 모른다. 왜 그런가?

그는 그것을 귀신의 장난으로 보고 있기 때문이다. 그 생각이 바뀌지 않는 한 그는 나이가 들고 병들면 귀신의 장난에 놀아날 수도 있다.

그 예가 뱀이다. 한때 뱀이 보였다 했다. 수십 마리의 뱀이 우글거리는 모습이 눈만 감으면 보였다고 했다. 눈을 뜨면 사라졌다가 눈을 감으면 다시 보였다. 견디기 어려웠다. 그는 아는 이들에게 그 이야기를 했다.

"서울서 한 후배가 내려왔어요. 돼지갈비 한 짝하고 북어와 실타래를 사 들고 왔더군요. 그걸 차려 놓고 절을 했지요. 그런 뒤에는 싹 없어졌어요. 더는 뱀들이 나타나지 않았어요."

귀신은 그렇게 생긴다. 환상인데 그걸 사실로 받아들인다. 어쩌다 보인 한 장면에 사로잡히면 그것이 다시 나타난다. 거기서도 털어 내지 못하면 점점 더 심해진다. 그 집착을 혼자는 풀지 못한다.

뱀이 나타나는 것은 환상이다. 헛것이 보인 것에 지나지 않는다. 그 헛것에 스스로 붙잡혔을 뿐이다.

문 두드리는 소리, 아낙네들이 떠드는 소리도 그렇다. 밤에 나는 소리를 그렇게 들었을 뿐이다.

어디나 소리가 난다. 수많은 소리가 난다. 산에서도 나고, 들에서도 난다. 집에서도 나고, 나무에서도 난다. 물에서도 나고, 하늘에서도 난다.

밤에는 그 소리가 더 크게 들린다. 잠을 자다 들으면 착각을 하기 쉽다. 생각에 빠져 있을 때도 그렇다. 꼭 사람이 내는 소리 같다. 이때 조심해야 한다. 이때 그 생각을 지우지 않으면 내 마음 안에 귀신이 자랄 밭이 생긴다.

사람이 문을 두드리는 소리가 나면 나가 보는 게 좋다. 나가서 아무도 없으면 내가 잘못 들은 것이다. 그럴 수 있다. 이때가 중요하다. 절대로 내가 잘못 들었을 리 없다 여겨서는 안 된다. 우리는 자주 잘못 듣는다. 잘못 본다.

다시 말하지만 잘못 들었을 리 없다 여기면 안 된다. 그렇게 믿으면 착각을 사실로 받아들이게 된다. 그 순간 귀신이 생긴다. 처음에는 작다. 귀신도 두려움도. 하지만 그런 일이 반복되면 귀신이 커진다. 두 가지가 서로를 키운다. 두려움이 귀신을 키우고, 귀신이 두려움을 키운다.

살아 있는 것들은 소리를 낸다. 먹고 싼다. 낳고 죽는다. 사랑하고 싸운다. 이야기를 나눈다. 생물만이 아니다. 땅과 바람과 물도 소리를 낸다. 천지는 온갖 소리를 낸다. 그것을 한마디로 하면 '옴'이라 한다. 힌두교에서는 그렇게 말한다. 『장자』에서는 천뢰天籟, 곧 하늘의 퉁소라 한다.

> 대괴大塊, 곧 큰 한 덩이라 할 수 있는 땅이 토해 내는 숨결을 바람이라고 하는데, 이 바람이 일면…… 가지각색의 구멍들이 저마다 다른 소리를 내기 시작한다. 그 구멍에 따라 물이 흐르는 소리, 화살이 날아가는 소리, 나오는 소리, 들어가는 소리, 외치는 소리, 곡소리, 아득히 먼 소리, 새 우는 소리 등 온갖 소리가 난다.

『장자』「제물편」 앞부분에 나오는 이야기인데, 이런 눈에서 보면 겁날 게 없다. 귀신이 생길 수 없다. 그것이 무엇이든 자연의 여러 소리 가운데 하나이기 때문이다. '큰 하나'는 크다. 우리가 다 알 수 없다. 다 들을 수 없다. 다 볼 수 없다. '옴'은 그 모든 소리가 합쳐진 소리다. 분노에 사로잡힌 욕설에서 억울한 나머지 피눈물을 흘리는 소리도 거기에는 들어 있다. 원망하는 소리, 골이 나서 마구 질러 대는 소리, 아파서 우는 소리도 거기에는 들어 있다. 좋은 소리, 아름다운 소리만이 아니다.

그렇게 들을 수 있으면 아주 깊고 깊은 평화를 그 소리로부터 얻을 수 있다. 때로는 눈물이 뺨을 타고 흘러내린다. 큰 슬픔의 눈물이다. 혹은 큰 기쁨의 눈물이다.

천뢰, 혹은 옴은 자연(혹은 천지, 혹은 하나님)의 노래다. 그 노래는 이른다.

그러니 너도 노래하라!

그 마음을 일깨운 것은 내게는 천뢰가 아니라 한 초등학교 학생들이었다. 그 사연을 6월 2일의 엽서는 이렇게 전한다.

'꽃피는학교'라는 대안학교가 있습니다. 그 학교 4학년 아이들과 저는 가끔 편지를 주고받고 있는데, 논이나 밭에 가면 아이들은 논밭에 노래를 불러 준다 합니다. 그 이야기를 그 반 담임 선생님에게 들었습니다.

그 뒤로 저도 논밭에 가면 노래를 합니다. 그렇습니다. 아이들이 가르쳐 주었습니다. 아이들은 논밭을 위해 지은 노래를 부르지만, 저는 떠오르는 대로 아무 노래나 부릅니다.

　나쁘지 않습니다. 노래를 부르면 기분이 좋아지더군요. 서툰 제 노래를 논이나 밭이 좋아할지는 알 수 없지만. 그래서 그게 조금 걱정이지만.

부끄럽지 않은 밥상

봄나물이 한창이다. 우리 집에서는 이 계절이 되면 하루 한 끼는 빠짐없이 나물비빔밥이다. 나머지 두 끼에도 봄나물 반찬이 올라올 때가 많다.

우리 식구는 모두 나물비빔밥을 좋아한다. 중학생인 늦둥이도 좋아하고, 곁지기도 좋아하고, 나도 좋아한다.

나물비빔밥은 준비가 간단하다. 고추장과 들기름만 있으면 된다. 고추장은 고춧가루와 메주콩과 소금을 넣어 만든다. 소금을 빼고는 우리가 다 농사지어 거둔 것이다. 들깨 농사도 지었다. 30킬로그램쯤 나왔다. 들깨는 5킬로그램이 한 말이다. 들깨 한 말에서는 들기름이 2홉 소주병으로 다섯 병쯤 나온다. 30킬로그램이면 우리 세 식구 한 해 먹고, 주변에 선물까지 할 수 있다.

나물은 논이나 밭에서도 오지만, 산과 들에서도 온다. 나물은 가짓수가 많다. 내가 가진 산나물 도감에는 산나물 127종, 들나물 76종, 나무나물 34종, 갯나물 9종으로 총 246종의 먹을 수 있는 식물이 소개돼 있다.

해마다 익히는데도 아직 모르는 나물이 많다. 올해 들어 배운 나물에는 갈퀴덩굴, 개별꽃, 광대나물, 꼭두서니, 가막사리, 무릇, 뚝갈, 좁쌀냉이, 개쑥부쟁이 등이 있다. 모두 산이나 들에 절로 나는 풀이다. 고맙게도 그 풀들은 해마다 그 자리에서 다시 난다. 거의 다 그렇다. 여러해살이풀이 많고, 한해살이라 해도 씨앗으로 다시 그 자리, 혹은 그 주변에서 난다.

> 매년 이곳에
> 다시 나 피는구나
> 좁쌀풀꽃이

7월 16일에 내게 온 하이쿠다. 그렇다. 나물 하나를 알면 밭 하나가 생기는 셈이다. 내가 할 일은 없다. 하나도 없다. 모두

님이 한다. 님이 물을 준다. 님이 거름을 주어 기른다. 여러 풀 속에서 살아남아 꽃피고 씨앗을 맺게 한다. 나는 그 풀이나 나무가 거기 있다는 것만, 거기서 살고 있다는 것만 알고 있으면 된다. 그 풀이나 나무가 언제쯤 나물로 먹기에 좋은지 알기만 하면 된다.

작년 11월에 지금 살고 있는 집으로 이사를 왔다. 산속의 집이다. 사방이 산이다. 이 산에도 여러 가지 나물이 난다. 앞서 든 아홉 가지 나물도 이 산에 있다. 그밖에도 많은 나물이 이 산에 있다. 쑥, 점나도나물, 개망초, 수영, 쇠별꽃, 산미나리, 머위, 이고들빼기, 참취, 전호나물, 달래, 아스파라거스, 고사리, 장대나물, 여러 종류의 제비꽃, 참꽃마리, 마타리, 쥐오줌풀, 잔대, 영아자, 둥글레, 산마, 원추리, 밀나물…… 등이 있다. 나무도 있다. 회잎나무, 두릅나무, 엄나무, 청미래덩굴, 오갈피나무, 산뽕나무, 산초나무, 칡, 아카시아, 진달래, 생강나무 등이 있다. 모두 새순이나 꽃을 먹을 수 있는 나무들이다.

그루 나누기로 옮겨 심은 풀도 있다. 소루쟁이 다섯 포기는 연못가에 옮겨 심었다. 엉겅퀴와 지느러미엉겅퀴도 서너 포기 캐서 옮겨 왔다. 왕고들빼기도 다섯 포기 모셔 왔다.

소루쟁이는 국으로 끓이면 맛있다. 엉겅퀴와 지느러미엉경

퀴는 나물과 국 어느 쪽이고 좋다. 왕고들빼기는 가을까지 새순을 준다. 새순을 꺾으면 양쪽에서 또 새순이 난다. 그 새순을 꺾으면 다시 양쪽에서 새순이 난다. 나중에는 한 그루에서도 많은 양의 새순을 얻을 수 있다. 쓴 편이지만 매실이나 개복숭아 효소 등을 넣고 고추장으로 무치면 맛있게 먹을 수 있다. 왕고들빼기는 한해살이풀이지만 씨앗을 많이 맺어 해마다 여러 포기가 절로 다시 난다. 한 차례 모셔 오면 없애려고 해도 없앨 수 없을 만큼.

나만이 아니다. 시골 아낙들은 하나같이 산과 들에 자기만의 밭을 가지고 있다. 2월 말이나 3월 초에 뜯는 씀바귀와 냉이, 고들빼기를 시작으로 여러 가지 밭을 가지고 있다. 그들은 어디에 어떤 밭이 있는지 잘 알고 있다.

불문율일까? 시골 사내들은 좀처럼 가까운 산이나 들의 나물밭에는 가지 않는다. 그쪽은 아낙네들에게 주고 그들은 더 멀고, 깊고, 높은 산으로 간다. 그들은 버섯에도 밝다. 어디에 송이밭이 있고, 능이밭이 있는지 안다. 노루궁둥이버섯이 어느 나무에 나는지 안다. 언제 가야 싸리버섯을 만날 수 있는지 안다.

*

　산짐승도 그럴 것이다. 산에 자기만의 밭이 있을 것이다. 어디 가면 어떤 먹을거리가 있는지 잘 알고 있을 것이다. 그곳에 언제 가야 하는지 잘 알고 있을 것이다. 그렇지 않으면 배를 채울 수 없기 때문이다. 목숨을 부지해 갈 수 없기 때문이다.

　한편 그들에게는 사람의 논밭도 그런 곳의 하나다. 한눈에 보일지도 모른다. 산은 높기 때문이다. 산 어디에 가면 마을이 한눈에 보이는지 그들은 너무 잘 알고 있을 것이다. 언제 김씨네 옥수수가 익는지, 강씨네 콩잎은 언제 먹게 자라는지 보고 있을 것이다. 그들은 참외도 좋아한다. 와서 익은 것만 골라 먹고 간다. 고구마는 잎도 먹고, 열매도 먹는다. 지렁이 같은 땅속 동물을 잡아먹으러 오기도 한다. 지렁이는 멧돼지가 좋아하는 것 같은데, 그가 오면 밭이 많이 망가진다. 들쑤셔 놓기 때문이다.

　새들도 만만찮다. 그들은 심은 씨앗도 파먹고, 익은 열매에도 입을 댄다. 날개를 가진 그들에게는 사람의 논밭이 자신들을 위한 논밭으로 보일지도 모른다. 2021년 7월 13일의 일이었다. 그날 엽서를 보자.

어제의 일이다. 고래실에 가는 길이었다. 남궁씨네 콩밭이 이상했다. 길가에 있어 트럭을 몰고 가면서도 한눈에 보이는 밭이었다. 어떤 산짐승이었을까? 싹 뜯어 먹고 갔다. 그 집만이 아니었다. 고래실의 우리 들깨밭에는 멧돼지가 다녀간 모양이었다. 파서 뒤집어 놓은 곳이 다섯 군데나 됐다. 지렁이를 잡아먹느라 그런 것 같았다. 그것으로 끝이 아니었다. 고추밭의 고추도 뜯어 먹었다. 이건 누굴까? 고라닐까, 노룰까?

지난밤에는 텃밭에도 다녀갔다. 녹두와 팥을 죄다 먹고 갔다. 더 우려스러운 것은 피해 작물이 자꾸 늘어나고 있다는 데 있다. 전에는 안 먹던 작물까지 먹는다. 호밀이 그랬다. 어떤 동물일까? 쓰러뜨려 가며 훑어 먹었다. 심했다. 거둘 게 거의 없었다. 작년엔 90킬로그램이 넘게 거뒀는데, 올해는 더 잘됐음에도 불구하고 겨우 14킬로그램이 나왔다.

이달 3일은 강원도 수렵면허 하반기 시험이 있는 날이었다. 나도 가서 시험을 봤고, 오늘 그 결과가 나왔다. 합격이었다. 총기를 쏠 수 있는 1종이 아니라 2종이다. 활, 그물, 석궁 등을 쓸 수 있다. 먼저 야생동물관리협회에 가서 수렵 강습을 받아야 한다. 면허증은 그 뒤에야 나오고 또 사냥 기술을 익혀야 한다. 그런 성가신 절차를 밟고 나서야 사냥을 할 수 있는데, 나는 왜 그런 데 관심을 갖는 걸까?

나는, 우리가 아주 멀리 두고 온, 이제는 모두 잊어버린, 구석기 시대를 이상향으로 여기기 때문이다. 농경이 시작되기 전인 그 먼 옛날의 삶으로 나는 돌아가고 싶기 때문이다. 그곳에야말로 가장 바람직한 삶이 있다고 나는 보기 때문이다. 그러므로 나는 그곳으로 돌아가고 싶다. 아니, 그곳으로 나아가고 싶다. 그 하나가 사냥이다.

구석기 시대! 농업이 시작되기 전이다. 그때는 절로 자라는 풀과 나무 열매, 잎, 뿌리를 먹었다. 재배가 없었다. 산과 들에서 나고 자라는 초목에서 먹을 것을 줍고, 땄다. 강에 가서 물고기를 잡았고, 산과 들에서는 사냥을 했다.

요즘은 모든 가게에서 소나 돼지나 닭고기를 판다. 언제 어디서나 손쉽게 그것들을 손에 넣을 수 있는데, 30년쯤 전만 해도 그렇지 않았다. 그것이 바뀐 까닭은 무엇일까? 축산의 규모 확장이다. 한 집에서 한두 마리, 많아야 네다섯 마리를 기르던 소가 100마리로 늘어났다. 규모가 큰 축산 농가에서는 500마리, 1000마리를 키우기 시작했다. 돼지도 같다. 닭은 더 많다. 한 집에서 1만 마리 이상 키우는 게 보통이다.

덕분에 쉽게 고기를 밥상에 올리게 됐지만 동시에 사냥이 사라셨다. 현대 축산이 시작되기 전에는 시골 농부는 겨울에 사냥을 했다. 꿩과 오리를 잡았고, 토끼 올무를 놓았다. 덫을 놓아 멧돼지를 잡는 농부도 있었다. 자주 강에 갔다. 낚시를 했고, 그물을 쳤다. 작살을 쓸 줄 아는 농부도 있었다. 한 식구 먹을 것 정도는 누구나 쉽게 잡을 수 있었다. 옛날 농부는 누구나 그런 솜씨를 가지고 있었다.

하지만 가축의 대규모 사육이 시작된 뒤로는 아무도 사냥을 하지 않는다. 그렇게 바뀌었다. 손질이 잘 된 쇠고기와 돼지고기와 닭고기를 언제나 어디서나 쉽게 살 수 있게 됐기 때문이다. 토끼를 잡으면 먼저 껍질을 벗겨야 한다. 내장을 손질해야 하고, 각을 떠야 한다. 쉽지 않다. 손에 피를 묻혀야 하고, 시간도 걸린다. 하지만 슈퍼에 가면 잘 손질이 된 닭이 있다. 그 닭은 솥에 넣고 삶기만 하면 된다. 양념까지 넣어 파는 곳도 있다. 게다가 품질이야 어떨지 알 수 없지만, 값도 그다지 비싸지 않다.

하지만 나는 내 논이나 밭에 오는 산짐승을 잡고 싶다. 그들을 잡는 사냥 기술을 익히고 싶다. 그들을 잡으면 알뜰하게 먹고, 쓰려고 한다. 무엇하나 마구 버리지 않고, 아껴 가며 잘 살려 쓰고 싶다. 옛날 농부들은 그렇게 살았다.

산짐승에게는 내 논밭이 그들의 식당이듯이, 내게는 그들도 밭이다. 그렇게 서로 밭으로, 밥으로 사는 게 좋다. 그것이 내 눈에는 동학에서 말하는 이천식천以天食天, 곧 하늘이 밥을 먹는 방식이다.

우리 집으로 자연농을 배우러 왔던 스위스 학생인 샬롯의 말이 생각난다.

"나는 가축 사육에 반대해요. 그렇다고 채식주의자는 아니에요. 고기를 먹지만 아무거나 먹는 건 아니에요. 거의 안 사먹지만, 고기가 많이 먹고 싶을 때는 유기축산 농가의 고기를 사 먹고 있어요. 그쪽은 동물 복지가 어느 정도는 지켜지고 있기 때문이지요. 사실은 야생동물을 제 손으로 잡아서 먹는 게 가장 좋지만 그럴 수 없으니까, 저는 앞으로 제 손으로 길러서 먹으려고 해요."

가축 가운데 하나인 돼지는 말한다. 아니, 묻는다.

인류, 너희들은 아느냐?
내가 사랑의 기쁨도 없이
인공수정으로 임신을 하고
폭이 60센티밖에 안 되는

스톨이라 불리는 좁디좁은 칸막이에 갇혀
출산의 기쁨을 모르는 채 힘들게 새끼를 낳고,
내 새끼 또한 태어나자마자
마취도 없이 이빨과 꼬리가 잘리고,
백신을 맞고
수컷은 고환까지 떼어 내지고 있는 걸
깨끗한 걸 좋아하는데 더러운 곳에서 살아야 하고,
그것도 서로의 몸이 닿을 만큼
좁은 우리 안에 갇혀 살아야 하는 걸
너희들은 아느냐?
그것이 몹시 갑갑하지만
너희가 이빨을 뽑아 버려
잇몸뿐인 입으로
쇠창살을 물어뜯어 보는 길밖에
달리 스트레스를 풀 길이 없는 나의 괴로운 나날을
너희들은 아느냐?
그렇게 마치 공장의 물건처럼 갇혀 살다가
바람 한번 쐬어 보지 못하고 죽는 나의 허망한 일생을,
나의 이 비극적인 일생을
너희들은 아느냐?

그렇다. 공장식 축산으로 길러진 육류는 사지도, 먹지도 않는 게 좋다. 그렇게 우리는 우리의 소비 행태를 바꿈으로써 돼지의 비극을 줄여 갈 수 있다. 돼지는 말한다.

네 입을 바꿔라. 그러면 세상을 바꿀 수 있다.

복 짓는 법

중학생인 우리 집 막내딸은
산길을 걸어서 학교에 갑니다

가끔 산나물을 하러 오는 사람이 있을 뿐
나머지 날에는 그 아이만 다니는 호젓한 산길입니다

어쩌다 그 길에 갔다가
그 길에 쓰레기가 보이면 주우며
저는 우리 아이가 청소부가 되면
좋겠다는 생각을 합니다

쓰레기를 버리지 않는 건 기본이고,

나아가 쓰레기를 줍는 사람으로 자랐으면

좋겠다는 생각을 합니다

어디서 무슨 일을 하고 살던

어디서나 언제나 쓰레기를 주울 수 있는,

그런 실력을 갖춘

사람으로 자랐으면 좋겠다는 생각을 합니다

2023년 5월 11일에 온 글이다.

크고 굵은 소나무와 참나무로 이루어진 숲이다. 아름답다. 그 숲에 좁은 산길이 나 있다. 그 길에도 쓰레기가 있다. 비닐 쪼가리, 음료수 병이나 팩, 비닐봉지, 포대, 비닐 끈 등에 골프 공 따위도 있다. 물론 많지는 않다. 하지만 말끔하게 주워도, 얼마 뒤에 가 보면 또 쓰레기가 눈에 띈다.

쓰레기 줍기, 그 일로 세계에서 가장 유명한 사람은 아마도 일본의 야구 선수 오타니 쇼헤이가 아닐까? 사람들은 그에 대해 이렇게 말한다.

그는 모든 점에서 모범이다.

성적만이 아니라 사람으로서도 뛰어나다.

존경하지 않을 수 없다.

여러 면에서 올라운더다.

얼마나 완벽한 사람인가!

모든 사람의 거울!

그를 사랑하지 않을 수 있는 사람은 없다.

이 모든 말들이 오타니에게 쏟아진 찬사다. 심지어는 "그는 성인聖人이다."라는 평조차 있는데, 그 까닭은 무엇일까?

2023년 3월 WBC 세계야구대회에서 일본은 전승으로 14년 만에 우승했다. 그 중심에 오타니가 있었다. 그는 투웨이 플레이어two-way player, 곧 투타가 동시에 가능한 선수다. 오타니는 투타 양면에서 뛰어난 기량을 선보이며 일본 우승에 기여했다. 그뿐만 아니다. 미국 메이저 리그 MLB에서도 놀라운 성적을 보이고 있다. 리그 진입 첫해에는 신인왕이 됐고, 2021년에는 만장일치로 MVP, 곧 최고 선수가 됐다. 그것만이 아니다. 준수한 외모에 인성도 훌륭하다. 심판은 물론 볼보이나 배트보이를 대하는 태도 등에서도 사람을 감동시킨다. 그 위에 벤치나 그라운드에 떨어진 쓰레기까지 줍는다. 이

길 때만이 아니다. 질 때조차도, 자신이 아웃당했을 때조차도 줍는다.

오타니는 왜 쓰레기를 줍는 걸까? 팬들에게 잘 보이기 위해서일까? 그 전에 오타니는 왜, 어떻게 쓰레기 줍기를 시작했을까?

거기에는 두 가지 설이 있다.

첫째는 팀 선배였던 이나바 아쓰노리稲葉篤紀의 영향이라는 설이다. 이나바가 벤치 앞에 떨어져 있는 쓰레기를 줍는 것을 보고 감동을 받은 뒤 따라 하게 됐다는 설이다.

둘째는 고등학교 1학년 때 만든 만다라 차트 설이다. 고등학교 야구 감독 사사키 히로시佐々木洋의 권유였다고 한다.

만다라 차트! 가운데 최종 목표가 있다. 그 목표를 둘러싸고, 그 목표를 이루기 위해 해야 할 일 여덟 가지를 적어 넣는 칸이 있다. 거기서 끝이 아니다. 그 여덟 가지에도 각각 여덟 개의 칸이 마련돼 있다.

놀랍게도 여덟 가지 가운데 둘은 야구와 관계없는 것들이었다. 인간성과 운이 그것인데, 앞의 것을 위해 그가 정한 실천 덕목은 '감성' '사랑받는 인간' '계획성' '배려' '감사' '예의' '신뢰받는 인간' '계속하는 힘' 등이다. 뒤의 것, 그러니까 '운'

을 위해서는, 그것을 불러오기 위해서는 어떤 것들이 필요하다고 그는 보았을까? 다음과 같다.

인사
쓰레기 줍기
방 청소
도구를 소중히 쓴다
플러스 사고
응원받는 사람이 된다
책을 읽는다
심판에 대한 태도

고등학교 1학년 학생이 운을 불러올 수 있다고 생각한 것도, 거기에 '쓰레기 줍기'를 넣은 것도 놀랍다. 오타니 혼자의 생각이었을까? 아니다. 역시 감독의 영향이었다고 한다. 사사키 히로시 감독은 말했다 한다.

"쓰레기란 남이 떨어뜨린 운이다. 쓰레기 줍기는 그러므로 운 줍기와 같다."

특별하다. 이런 견해, 나는 아직까지 누구에게서도 듣지 못했다. 쓰레기를 줍는 것이 운을 줍는 것이라니! 잘 이해가 안 된다.

사사키는 이런 세계관을 누구에게서 얻은 것일까? 시간을 많이 내서 여기저기 뒤져 봤지만, 어디에서도 찾을 수 없었다. 그 과정에서 내가 안 것은 사사키가 오타니에게 이런 말도 했다는 것뿐이었다.

"선입견은 가능한 일을 불가능하게 만든다. 그러므로 선입견을 버리면 불가능한 일을 가능하게 만들 수 있다."

이 두 가지만 봐도 사사키는 보통 감독은 아니었던 것 같다.

그렇다면 본인은, 곧 오타니는 왜 쓰레기를 줍는 것일까? 기자의 물음에 오타니는 이렇게 대답했다고 한다.

"남들이 버린 행운을 줍기 위해서다."

아쉽게도 그 말뿐, 어디에도 왜 쓰레기 줍기가 행운을 불러오는지, 그 까닭을 밝혀 놓은 글은 없었다.

실마리가 될 만한 글을 만나기는 했다. 이런 글이다.

"신에게 칭찬받기에 가장 뛰어난 행동이다."

쓰레기 줍기가 그렇다는 거다. 그 말에 나는 동의한다. 왜냐하면 지구에는 본래 쓰레기가 없기 때문이다. 없다는 것은 싫어한다는 뜻이다.

쓰레기를 만드는 것은 사람뿐이다. 나머지 생물은 아무도 쓰레기를 만들지 않는다.

쓰레기를 줍는다. 어디서나 언제나, 남이 보든 말든 쓰레기를 줍는다면 그는 난 사람이 아닐지는 모른다. 하지만 된 사람이다. 가난할지도 모른다. 하지만 마음에 여유가 있는 사람이다. 세상에는 그런 사람이 필요하다.

2021년 8월부터 두 달에 가깝게 나는 예초기로 조림지의 풀과 잡목을 깎는 장기 품팔이를 했다. 그때의 일을 쓴 9월 2일자 엽서다.

하루 두 번 산을 오르고, 두 번 산을 내려온다. 한 번은 오전 일을 하기 위해 올라갔다가 점심을 먹기 위해 내려오고, 또 한 번은 오후 일을 하러 올라갔다가 일을 마치고 집으로 돌아오기 위해 내려온다. 내려올 때 물병, 깡통, 비닐봉지 따위가 보이면 그걸 주어다 차에 싣고 숙소에 와서 그곳의 분리수거함에 나눠 넣는다. 그걸 보고 동료 일꾼이 물었다.

"그런 걸 왜 주워요?"

나는 대답한다.

"산이 저를 낳았거든요."

"뭐라고요?"

"산이 날 낳았다고요. 산은 우리 엄마라고요."

그는 뭐라 대꾸를 하려다 입을 닫는다.

간식, 곧 참은 없다. 물과 캔커피가 제공될 뿐이다. 각자 필요한 만큼 주머니에 넣고 산을 오르고, 풀을 베다가 쉴 때 꺼내 마신다. 마시고 난 빈 병과 깡통은 산에 버린다. 다들 그렇게 하는데 고단해서 그런 것만은 아닌 것 같다. 그보다는 그런 것을 산에 버려서는 안 된다는 생각이 없는 것 같다. 산이 엄마인 것을, 그래서 산에 그런 것을 버려서는 안 된다는 걸 아는 사람이 없는 것 같다.

쓰레기 하나는 지구 규모에서 보면 아무것도 아니다. 표가 안 난다. 하지만 그만큼 지구가 깨끗해진다. 그만큼 기분이 좋아진다. 나는 내 딸이 그런 사람으로 자랐으면 좋겠다.

*

한 장기수와 그가 형기를 마치고 출소할 때까지 7년간 편지를 주고받았던 적이 있다. 내 책 『산에서 살다』를 읽고 그가 편지를 보내온 것이 시작이었다.

그는 늘 긴 편지를 내게 보내오고는 했다. 그날도 그랬다. 그 가운데 기억나는 게 있다. 사람마다 사람을 판단하는 기준이 있는데, 자기 기준은 다음 세 가지라고 했다.

1. 공유물을 아끼는지?
2. 재활용을 잘하는지?
3. 기본 질서를 잘 지키는지?

이 세 가지에서 인품이 다 드러난다는 게 그의 생각이었다. 얼굴이나 말은 꾸밀 수 있지만, 몸에 밴 생활 습관은 숨길 수가 없기 때문이라는 게 그 까닭이었다. 메이커나 명품으로는 겉을 치장할 수 있지만, 자신의 가치나 본 모습은 포장할 수 없다는 거였다.

그곳도 그런가 보았다. 호화와 사치를 자랑하는 사람들이 있다고 했고, 그들은 대개 사기나 횡령으로 옥살이를 하는 사람들이라고 했다. 젊은이들이 범죄를 저지르는 까닭도 비슷하다고 했다.

오늘은

나에게 펼쳐진

한 권의 책

　　　— 이해인 수녀의 시 「오늘의 행복」 중에서

3부   만물의 말씀을
      듣다

고추 모를 심다가
밭가에 앉아
잠깐 쉽니다

물 한 잔을 마시며
밭가의 나무들을 바라봅니다

같은 바람에도
소나무는 미동도 안 하고
참나무는 흔들리네!

그렇구나!
모두 자기 생긴 대로 사는구나!

이렇게 오늘도 저는
천지경 天地經의 한 쪽을 읽었습니다

개의 설법

전화가 왔다.

"뭐해?"

그는 외지인이다. 본가는 서울에 있다. 젊었을 때는 푸줏간을 하며 돈을 좀 벌었다 했다. 그는 우리 마을에 땅을 구했고, 그곳에 컨테이너를 가져다 놓고 가끔 와 그곳에서 자고 먹는다. 많은 사람이 그렇게 한다. 집을 짓기 전에 컨테이너를 가져다 놓고, 그곳을 베이스캠프로 삼는다. 3년, 혹은 5년. 그는 올해로 15년째라고 했다.

나는 읽던 책을 덮었다. 바쁠 게 없었고, 사람 또한 내게는 한 권의 책이었다. 솔직히 말하면 그는 끌리는 책은 아니었다.

무엇보다도 내가 좋아하는 내용이 아니었다. 그는 너무 자기 자랑이 많았다. 관심사도 달랐다.

그래도 나는 갔다. 책 읽기와 글쓰기로만 이루어지고 있는 내 겨울 생활에는 그런 시간이 필요했다. 그는 변함없이 내게 소주를 강권할 것이다. 자기 이야기만을 할 것이다. 내 이야기에는 흥미를 보이지 않을 것이다. 늘 그래 왔듯이 전에도 들은 이야기를 그는 몇 군데서 반복할 것이다. 안주는 또 고기겠지. 지난번에는 개고기였는데, 이번엔 뭘까?

아구였다. 그는 아구찌개에 됫병 소주 한 병을 놓고 나를 맞았다. 조금 걱정이 됐다. 됫병은 내게는 지나친 양이었다. 반씩 마셔도 오 홉이다. 사린다 해도 2홉 이상은 마셔야 한다.

역시 그날도 소주잔이 아니었다. 그는 물컵에 소주를 콸콸 따랐다. 가득 차게 따랐다. 그것을 그는 단숨에 마셨다. 나는 반으로 나눠 마셨다. 절반도 나로서는 분발한 건데, 그는 마음에 들어 하지 않았다. 언제나 같다. 그럴 때면 그는 내 등을 후려치며 핀잔을 준다.

"뭔 술을 그렇게 마시남! 남자답지 못하게!"

여러 번 그 말에 넘어갔다. 그런 날에는 말 그대로 개고생을 했다. 넘어지고 토했다. 어떤 날은 한 번이 아니었다. 밤새 잠을 못 잤다. 속이 가라앉지 않았다. 욕지기가 끝없이 이어졌다. 화장실과 방을 수도 없이 오가야 했다. 속이 뒤집히는 것처럼 괴로웠다.

그런 그가 술만큼 좋아하는 게 있으니 그것은 산이었다.

"나는 산이 좋아. 곧 여기로 아주 내려올 거야. 내려와 산에 다니며 살 거야."

그는 경기도 광주에서 태어났다. 지금은 광주시가 됐지만 그가 태어났을 때는 광주읍이었다고 했다. 서울에서 보자면 한강 상류에 있는 마을이다. 그는 그곳에서 들로 산으로 강으로 다니며 놀았다. 그때 배웠다고 했다. 먹을 수 있는 풀과 나무, 버섯, 물고기와 새……. 그는 수렵과 채취의 달인이다.

지금은 아내의 만류로 그만뒀지만, 한때는 총을 갖고 사냥도 많이 했다.

"많이 다녔어. 사냥개도 여러 마리 갖고 있었고. 그런데 말이야, 개가 사람보다 나아."

그는 그 말을 시작으로 내가 그때까지 몰랐던 놀라운 이야기 하나를 내게 들려주었다.

"개는 사냥감 하나를 잡으면 그것으로 끝이야. 옆에 새끼가 있어도 거들떠보지도 않아. 응, 늘 그래. 사람보다 낫지."

"정말 사람보다 낫네요!"

"개는 사람과 다르더라고. 하나 잡으면 그것으로 만족하는 거지. 맞어. 옆에 쉽게 잡을 수 있는 새끼들이 있어도 관심이 없어. 잡으려 들면 쉽게 잡을 수 있는데도 그래. 때려도 타일러도 안 돼. 꼼짝 안 해. 그럴 때는 차 안에 넣고 한동안 쉬게 해 줘야 돼. 그렇게 한참 지나야 다시 사냥을 하러 들어. 그게 개야."

진한 감동이 내 안을 훑고 지나갔다.

"어떤 날에는 아침에 토끼 한 마리 잡으면 그것으로 끝이야. 그런 날은 하루 버리는 거지. 애써 먼 곳까지 갔는데."

그는 잘라 이렇게 말했다. 이것이 그가 그 이야기에서 하고 싶었던 말인 듯했다.

"사람은 개보다 못해."

★

개는 처음부터 개였을까? 아니다. 개는 늑대로부터 갈라져 나왔다. 개의 조상은 늑대다. 사람이 길들였다. 언제부터 개는 사람과 함께 살게 된 것일까? 농경 문화가 시작되기 시작

150

한 1만 년 전부터라는 설이 있고, 발굴된 개 뼈의 유전자 검사를 통해 밝혀진 바로는 그보다 앞선 3만 2000년, 혹은 3만 3000년 설이 있다.

『침입종 인간』이라는 책에 따르면, 호모사피엔스가 신체 조건이 더 뛰어난 네안데르탈인을 이기고 살아남을 수 있었던 까닭은 개 덕분이라 한다. 그 책에 따르면 네안데르탈인은 늑대를 사냥하여 먹는 데 그쳤지만, 호모사피엔스는 길들였다. 네안데르탈인과 싸울 때 호모사피엔스는 길들인 늑대를 이용했고, 그것이 호모사피엔스가 체력이나 신체 조건이 더 뛰어난 네안데르탈인을 무찌를 수 있는 비결이었다고 한다.

내가 안내하고 있는 자연농 배움터 지구학교의 어느 해 참가자 가운데에는 '늑대'라는 특이한 닉네임을 가진 여성이 있었다. 궁금했다, 왜 그런 특이한 아호를 정했는지.

"저는 늑대를 좋아해요."

"아니, 남자는 다 늑대라고 할 때의 그 늑대를?"

"하하, 아니요. 그냥 늑대요. 산에 사는 야생의."

"그 늑대의 무엇이 좋아요?"

거기서 그는 한 권의 책을 소개했다.

"『철학자와 늑대』라는 책이 있어요. 늑대와 20년을 함께 산한 남자가 쓴 늑대 이야기에요. 우리는 늑대에 대해 잘못 알고 있어요. 그걸 알려 준 책이에요."

나는 그 책 이름을 받아 적었다.

"하나 더 있어요. 보셔야 할 것이."

「14마리의 늑대가 지구에 가져온 기적」이라는 제목의 다큐멘터리라고 했다. 유튜브를 통해 쉽게 볼 수 있었다. 짧은 영상이었지만 메시지는 강렬했다.

미국 북부의 옐로스톤이라는 지역이었다. 그 지역 사람은 가축을 물어 가는 늑대가 성가셨다. 그 피해를 막기 위한 사냥이 시작됐고, 10만 마리를 죽였다. 늑대는 그렇게 옐로스톤에서 사라졌다. 그러고 평화가 왔을까? 아니다.

천적인 늑대가 사라지자 엘크라는 사슴과의 초식동물이 늘어났다. 그가 늘어나자 그만큼 나무와 풀이 줄어들었다. 나무가 줄어들자 강 주변의 산과 들의 흙이 강으로 흘러들었다. 그에 따라 강 모양이 바뀌어 가며 강의 생태계가 무너졌다. 그 결과, 물고기가 줄어들기 시작했고, 새들도 떠났다. 엘크는 대단한 파괴자였다. 그들의 월동지에서는 사시나무가 사라졌다. 옐로스톤은 점점 더 황폐해져 갔다.

사람들은 망가져 가는 옐로스톤을 되살리기 위해 여러 가지 시도와 노력을 했지만 효과가 없었다. 어느 것도 성공하지 못했다. 그제서야 사람은 알았다.

"늑대를 넣자."

1995년에 캐나다에서 열네 마리의 늑대를 데려다 풀어 놓았다. 70년 만의 일이었다. 그러자 거꾸로 일이 풀어지기 시작했다.

늑대에 먹히며 엘크가 줄어들자 나무와 풀이 나서 자라기 시작했다. 그 속도가 놀라웠다. 버드나무와 사시나무는 6년 만에 다섯 배로 성장했다. 그렇게 숲이 되살아났고, 그 안으로 다양한 생물들이 돌아왔다. 떠났던 새들이 돌아왔다. 토끼와 다람쥐와 들쥐가 돌아왔다. 그 뒤를 따라 그것들을 먹이로 삼는 여우, 족제비, 오소리, 그리고 독수리와 같은 맹금류가 돌아왔다.

아울러 강이 살아났다. 강으로 흘러내리던 흙을 돌아온 풀과 나무가 붙잡았기 때문이었다. 그 결과 강물이 맑아지고 웅덩이가 늘어나며 강의 생태계가 회복되었고, 물고기도 늘어났다. 그러자 수생동물인 야생 오리와 수달과 비버가 돌아왔다. 그렇게 다시 강은 아름다움을 되찾았다.

옐로스톤은 다행히 이렇게 본래의 풍요를 되찾았지만, 지구의 나머지 지역에서는 안타깝게도 그와는 반대의 일들이 벌어지고 있다.

예를 들면, 『시베리아의 위대한 영혼』이라는 책이 있다. 먼저, 무엇이 시베리아의 위대한 영혼이라는 걸까? 호랑이다. 이 책은 호랑이를 말하고 있다.

세계에서 호랑이 추적에 가장 오랜 시간을 바친 것으로 알려진 박수용이 쓴 책이다. 그는 20년이나 호랑이를 쫓아다녔다 한다. 어떻게?

두 가지 길이 있다. 하나는 추적 조사, 곧 뒤를 쫓아가는 조사다. 다른 하나는 비트라는 이름의 구덩이를 파고, 그 안에서 석 달, 혹은 여섯 달을 죽은 듯이 지내며 호랑이의 삶을 훔쳐보는 잠복 조사다. 어느 쪽이든 목숨을 건 탐험이었을 것이 분명한데, 그 길에서 그는 가슴이 미어지는 광경과 마주한다. 그것은 독자에 불과한 나도 눈을 돌리고 싶은 장면이었다. 어떻게 그런 일이 벌어질 수 있었을까? 그것은 오빠 호랑이에게 잡아먹힌 여동생 호랑이의 주검이었다.

따뜻한 햇살 아래 잠을 자듯 누워 있었지만, 복부가 비어
있고 뒷다리 하나가 엉덩이까지 무참하게 뜯겨져 나가고

없었다. 콧등과 한쪽 앞발도 많이 상했다. 처참한 죽음이
었다. 상하지 않은 앞발의 크기를 재 보았다. 동생이었다.

왜 그랬을까? 박수용은 개 때문이었다고 보고 있다. 엄마가
잡아 온 개는 남매 호랑이의 배 속을 채울 만큼 크지 못했다.
남매는 먹이를 놓고 다투다가 그런 사단이 났고, 혼자 개의 남
은 부위를 먹고도 허기를 채우지 못한 오빠는 동생의 주검까
지 뜯어먹게 됐을 것이라는 게 박수용의 추측이었다.

물론 여기서 끝이 아니다. 이런 일이 벌어진 데는 더 큰 까
닭이 사건 뒤에 숨어 있다.

첫째는 참나무의 해거리였다. 도토리가 크게 줄며 사슴과
멧돼지들이 이 지역을 떠났다.

둘째는 밀렵, 곧 불법 사냥이었다. 크게 세 부류가 있다고
한다. 한 부류는 불법 사냥으로 먹고 사는 전문 밀렵꾼이다.
또 한 부류는 그들이 도시에서 데려오는 관광 밀렵꾼이다. 그
렇다. 관광 밀렵꾼에게는 사냥이 곧 스포츠이자 오락이다. 마
지막은 자기 가족이나 마을 사람들과 나눠 먹기 위해 잡는 밀
렵이다. 이들의 밀렵으로 시베리아의 대형 동물은 그 수가 크
게 줄어들고 있다고 한다. 곳에 따라서는 사슴과 멧돼지 발자

국올 아예 보기가 힘들 만큼.

이것으로 끝이 아니다. 어쩌면 가장 큰 까닭은 이것인지도 모르는데, 바로 숲의 감소다. 숲의 크기에 동물은 영향을 받지 않을 수 없다. 동물은 숲의 크기에 따라 종류와 숫자가 정해질 수밖에 없기 때문이다. 호랑이는 거대한 숲이 있어야 살아갈 수 있다.

여동생 호랑이의 주검 앞에서 박수용의 동료이자 늙은 산지기인 스테파노비치는 이런 혼잣말을 한다.

"1년 전만 해도 이 지역에 너희 가족이 다섯이나 있었는데 이제는 네 어미와 오빠, 둘만 남았구나. 나머지는 어디로 갔지? 어디로 간 거야?"

박수용은 말한다.

"350여 마리밖에 남지 않은 시베리아 호랑이가 매년 수십 마리씩 죽어 가고 있다."

나는 남북을 가로막고 있는 철책도 어서 사라졌으면 좋겠다. 그래야 시베리아 호랑이든 만주 호랑이든 한반도로, 우리의 곁으로 올 수 있기 때문이다. 그렇게 그들이 오면 남한에 사는 인류의 생태 감각은 조금쯤은 더 깊어질 것이기 때문이다. 덜 부끄럽게 바뀌게 될 것이기 때문이다.

앞서 얘기한 『철학자와 늑대』를 쓴 이는 마크 롤랜즈로, 철학 교수다. 그런데 그는 11년을 함께 산 늑대 브레닌을 그 책에서, 놀랍게도 형 같았다고 말하고 있었다. 조금 긴 글이지만 옮겨 적는다.

"브레닌이 내가 알았던 다른 개들과 확실히 다른 것이 이 때문이다. 브레닌은 특정한 상황과 환경에서만 동생 같았고, 보통은 형처럼 느껴졌다. 누구보다 존경하고 본받고 싶은 형 말이다. 언뜻 보아도 알겠지만 그를 본받기는 쉽지 않았고 한 번도 제대로 성공하지 못했다. 그러나 그를 따라 하려고 노력하고 애쓰면서 나는 강해졌다. 브레닌이 없었더라면 나는 지금보다 더 나은 사람이 되기 어려웠을 것이라고 확신한다. 이보다 더 훌륭한 형이 있을까?"

작은 풀에서
배워야 할 것들

5월 26일의 일이다. 마을 공동작업이 있었다. 마을 입구의 꽃밭을 돌보고, 마을회관 주변을 청소하는 날이었다. 주로 하는 일은 그곳에 난 풀을 뽑거나 베고, 그것을 치우는 일이었다. 예초기와 낫과 갈퀴를 들고 모였다. 나는 거기에 더하여, 다른 공동작업 때와 달리 트럭도 몰고 갔다. 이유가 있었다. 우주의 사랑을 받아 오기 위해서였다.

해마다 비슷한 시기에 하는 일이다. 제초 작업이 주다. 많은 풀이 나온다. 그 풀을 마을 사람들은 개울이나 후미진 공지에 버린다. 내가 우리 마을에 오기 전까지는 그랬다. 마을 사람들은, 아니 모든 사피엔스는 풀이 무엇인지 모른다.

풀이란 우주가 주는 밥이다. 왜 그런가? 우리는 풀이 있어 산다. 풀 한 포기에는 하늘, 바람, 구름, 땅, 비, 해, 벌레, 새, 바다, 눈, 나비가 들어 있다. 아니 온 우주가 들어 있다. 다시 말하면 풀은 온 우주가 만든 것이다. 온 우주가 있어야 풀 한 포기가 만들어지기 때문이다. 이와 같아서 그대가 만약 한 포기의 풀에서 천지의 은혜를 보지 못한다면 그대는 청맹과니라고 해야 한다.

그랬다. 마을 사람들은 내 트럭에 풀을 쓰레기로 여기고 실었고, 나는 그것을 우주의 밥, 혹은 사랑으로 받았다. 나는 그 풀을 밭가에 가져다 놓기 위해 트럭을 몰며 노래했다.

"♪♪트럭에 햇빛을 싣고 가네. 천지의 사랑을 싣고 가네! 주님을 싣고 가네. 이보다 기쁜 일 어디 있으랴!♪♫"

모두 세 트럭이었다. 밭가에 작은 산이 생겼다. 천지만물과 우리 마을 분들이 준 사랑의 산이었다.

★

다시 말하지만, 사람들은 풀이 무엇인지 모른다. 우리나라만이 아니다. 지구 위의 모든 사람이 그렇다.

사람들은 풀이 귀한 줄 모른다. 하찮게 여긴다. 나아가 없어졌으면 하고 여기기조차 하는데, 이 얼마나 어리석고도 위험한 발상인가?

풀이 없다면 사막이다. 풀이 안 난다면 그 즉시 사막이다. 어디나 같다. 풀이 나서 사막이 아닌 것이다. 풀 없는 들과 산을 생각해 보라. 풀이 없다면 나무 또한 살아갈 수 없다. 많은 곤충이 사라질 것이다. 동물도 같다.

많은 사람이 콩이나 보리, 감자, 고구마, 밀, 옥수수, 벼와 같은 작물만 있으면 될 줄 안다. 있을 수 없는 일이다. 어리석은 소원이다. 풀이 안 나는 땅에서 곡식만 자라는 일은 있을 수 없기 때문이다. 사막에서는 작물도 자라지 못한다.

풀은 절로 나고 자란다. 그렇게 알고 있지만 사실은 그렇지 않다. 키우는 이가 있다. 누군가? 천지다. 해와 땅을 비롯하여 그것과 하나가 돼 있는 비와 바람과 곤충이다. 풀을 키우는 이는 이처럼 천지, 곧 하늘과 땅이다.

그렇게 풀은 천지의 농사다. 천지는 부지런한 농사꾼이다. 때를 놓치지 않는다. 빈 땅을 못 본다. 빈 땅이 있으면 거기가 어디든 씨앗을 뿌린다. 심지어는 시멘트나 콘크리트로 포장이 된 길에도 씨앗을 뿌린다. 옥상에도, 바위 위에도 씨앗을 뿌린다. 천지의 이런 성실함 덕분에 지구는 푸르다. 그 위에서 우리는 나비와 벌, 새를 볼 수 있는 것이다. 철마다 꽃을 볼 수 있는 것이다. 식물과 동물이 살 수 있는 것이다.

7월 22일에 내게 온 하이쿠다.

뒷간 가는 길
안 된대도 호박이
자꾸 지우네

아울러 풀은 뭇 동물의 밥이다. 천지가 지어 주는 밥이다. 인간을 포함하여 모든 동물이 그 밥을 먹고 살아간다. 슈퍼마켓이 밥을 주는 것이 아니다. 돈이 밥을 주는 것이 아니다. 하늘과 땅이 준다. 해와 땅과 바람과 비가 준다. 물론 가루받이를 돕는 곤충의 은혜도 빼먹어서는 안 된다.

풀은 아울러 땅의 밥이기도 하다. 땅은 풀로 비옥해진다. 풀 또한 나고 죽는다. 땅에서 나지만 땅으로 돌아간다. 돌아간 것들이 쌓인다. 쌓이면 비옥해진다. 그 비옥함을 바탕으로 풀과 나무는 자란다. 크게 자라면 그에 비례해서 돌아오는 것도 많아진다. 땅이 그만큼 더 비옥해지는 것이다.

이런 이치에서 옛날에 이 땅에서 부끄럽지 않게 살았던 원주민들은 이렇게 말했다.

해는 우리의 아버지이고, 땅은 어머니다!

물론 풀 또한 아버지 해와 어머니 땅의 자식이다. 우리는 한 자매형제다. 풀과 나무 언니는 착하다. 착해서 제 몸을 동물 동생들에게 내어 주는데, 거기에는 역시 어머니와 아버지의 큰 사랑이 바탕이 된다. 어머니 땅과 아버지 해의 큰 사랑이 끊임없이 쏟아지고 있기 때문에 언니는 동생에게 제 몸을 내어 줄 수 있다. 내어 주면 금세 엄마와 아빠가 그 이상을 주시기 때문이다.

하지만 이 사랑의 고리가 인류라는 동물에게는 통하지 않는다. 그들은 끊임없이 풀을 없애려 한다. 벌써 1만 년이 넘었다. 처음에는 손만으로 그랬지만, 곧 도구를 쓰기 시작했다. 나무 호미에서 철제 호미로, 삽으로, 경운기로, 트랙터로, 비닐 덮기로, 풀을 죽이는 약 제초제로 점점 더 나아갔다. 인류의 이 사나운 욕심은 어머니와 아버지의 사랑을 넘어설 만큼 강하다. 어머니와 아버지의 힘으로 끊임없이, 억세게 풀이 나지만, 그 큰 사랑도 사람 앞에서 무너지고 있다. 사막이 그 증거다. 지구에서는 해마다 사막의 크기가 늘어나고 있다고 한다.

인류는 풀을 적처럼 보며 살아왔고, 살고 있지만, 아니다. 풀이 있어 지구는 새와 꽃과 나비와 벌을 가질 수 있는 별이 된다. 아울러 푸른 들판을 가질 수 있다. 바다 또한 그렇다.

풀은 착하다. 그는 그래서 울타리와 장벽을 싫어한다. 그것을 어느 날 메꽃 한 그루가 일러 주었다.

메꽃이 오늘
저희 밭가에 둘러친
노루망이라고도 하는
폴리에틸렌 망 울타리를 끌어내렸습니다
봄부터 들콩, 환삼덩굴, 메꽃 등이
그 울타리를 자꾸, 끊임없이, 쉬지 않고
타고 오르며 자랐는데
그것이 울타리를 없애려는 행동이었음을
마침내 오늘 메꽃이 울타리를 땅바닥까지
끌어내려 놓은 것을 보고 알았습니다
햇살과 비와 눈과 바람 등이
그들의 보이지 않는 손으로

울타리를 끊임없이 쉬지 않고
지우고 있다는 건 벌써부터 알고 있었지만
메꽃도 그걸 바라고
여럿이 울타리가에 나서 자랐다는 건
오늘 처음 알았습니다
성공하지는 못했지만 들콩도 환삼덩굴도
울타리를 허물고 싶어 한다는 걸
오늘 처음 알았습니다
그들이 울타리는 물론 모든 분단과 장벽을
무너뜨리고 싶어 한다는 걸
몹시 싫어한다는 걸
오늘 처음 알았습니다

나무는 아나키스트

산 위에 집을 지었다. 집터를 닦으며 쌓아 놓은 흙이 여름 장마에 흘러내렸고, 그 흙의 일부가 산 아래 있는 남의 밭고랑 일부를 메웠다.

산과 밭 사이에 ㄴ 모양의 시멘트 관을 이어 놓아 만든 고랑이었다. 흘러내린 흙이 그 관을 50미터 남짓 메웠다. 그 흙을 파내야 했다. 폭과 깊이가 각각 50센티미터쯤 되는 관이었다.

삽을 들고 갔다. 삽질이라면 자신이 있었다. 그 근거가 무엇인가 하면, 나는 양손 삽질, 곧 왼쪽, 오른쪽 삽질을 할 수 있기 때문이다. 왼쪽 삽질을 하다가 힘이 들면 오른쪽 삽질로 바꾼다. 오른쪽 삽질을 하다가 힘들면 왼쪽 삽질로 바꾼다. 이렇게 양쪽 삽질을 할 줄 알면 한쪽 삽질만 할 줄 아는 사람보다 덜 힘들게 일할 수 있다.

폭과 깊이 모두 50센티미터라면 적은 양이 아니다. 흙은 마사토였다. 파기 쉬운 흙이었지만 그런 일에 익숙하지 않은 이에게는 쉽게 끝낼 수 있는 양이나 길이가 아니었다. 하지만 내게는 운동이었다. 오래 시골에서 산 덕분이었다. 먼저 삽질에 자신이 있었고, 체력에서도 걱정이 없었다.

시골살이는 몸으로 하는 일이 많다. 농사 자체도 몸으로 한다. 다른 일들에 견주면 몸을 움직이는 일이 훨씬 많다. 체력을 유지하고 기르는 게 가능하다.

그렇다. 그대 말이 맞다. 요즘 농사는 몸으로 하지 않는다. 기계로 한다. 하지만 내게는 기계가 없다. 경운기도 없고, 트랙터도 없다. 이앙기도 없다. 내가 가진 것이라고는 톱낫과 긴 자루 괭이와 삽과 같은 수동 농기구뿐이다. 셋을 합쳐도 구입비가 2만 원도 채 안 된다. 탈곡도 발로 밟아 터는 발탈곡기로 한다. 그것도 최근에 농사 규모를 줄이며 그네(홀태라고도 한다.)로 바꿨다.

그렇다. 그대 말이 맞다. 시골에서 농사를 짓고 살자면 그밖에도 더 많은 농기구가 있어야 한다. 낫도 있어야 한다. 톱과

도끼도 있어야 한다. 나도 엔진톱을 가지고 있다. 풀을 깎는 기계인 예초기도 있다. 검불을 날려 버리고 알곡만을 골라 주는 풍구도 샀다. 그걸 모두 다 합쳐도 100만 원 정도다. 트랙터, 이제 농가의 필수품이 된 트랙터는 한 대에 5000만 원 이상이 든다고 들었다. 큰 것은 1억 가까이 든다고 한다.

그렇다. 그대 말이 맞다. 나는 전업 농가가 아니다. 자급 농가다. 그렇다고 아주 작은 규모는 아니다. 논농사도 짓고 있다. 주곡을 포함하여 거의 모든 작물을 자급하고 있다. 거기다 간장, 고추장, 된장, 술 등도 손수 만들어 먹고 있다.

삽질은 사실 쉽다. 이겨 올 게 없다. 단순하다. 힘들면 바꾸면 된다. 오른쪽을 왼쪽으로, 왼쪽을 오른쪽으로. 그리고 그것이, 바꾸는 것이 좋다. 한쪽으로만 하면 무리가 오기 때문이다. 탈이 날 수 있기 때문이다. 마음을 써야 한다. 피로가 쌓이지 않도록 풀며 해야 한다. 그것은 일을 끝내고서도 같다. 쌓인 것이 있으면 풀어 줘야 한다.

아픈 데 없고 체력에 자신이 있으면 일이 즐겁다. 그것이 단순 노동의 좋은 점이다. 그렇게 흥겨운 마음으로 일하다 그 나무를 만났다.

'어, 이 나무는!'

밭에 두 군데나 아직 어렸지만 두릅나무가 나서 자라고 있었다. 시멘트 관 바로 곁이었다. 한 곳은 다섯 그루였고, 다른 한 곳은 세 그루였다. 두 곳 다 내가 흙을 파내고 있던 50미터 안에 있었다. 밭 주인이 심은 나무가 아닌 게 분명했다. 왜 그런가? 거기는 밭이었고, 두릅나무를 심을 곳이 아니었기 때문이다. 게다가 그 위치나 나무가 난 모양 등도 그랬다.

그렇다면 어디에서 왔을까? 오래 생각할 게 없었다. 관 한쪽으로 이어진 산으로부터였다. 두릅나무는 뿌리를 아래로 뻗지 않고 옆으로, 곧 수평으로 뻗으며 퍼져 나간다. 씨앗으로도 나지만 그보다는 뿌리로 훨씬 더 많이 퍼져 나간다. 그 전략을 주로 쓴다. 그렇더라도 폭과 깊이가 각각 50센티미터인 관을 넘은 게 놀라웠다.

자연농 배움터인 지구학교에는 논과 밭에 더하여 '천 년의 숲'이란 이름의 숲이 있다. 그 숲에는 두릅나무도 있다. 4월 말에서 5월 초중순까지 새순이 난다. 양이 많아 따서 시장에 내고 있는데, 그 나무들도 해마다 이웃 밭으로 퍼져 나가 애를 먹는다. 해마다 옮겨 심고, 잘라 내고 있는데도 기죽지 않고 남의 밭으로 넘어간다. 아니, 뻗어 간다.

두릅나무만이 아니다. 잘 보면 숲도 끊임없이 바뀌어 간다.

두릅나무처럼 뻗어 나간다. 사람이 막지 않는다면 숲은 온 지구를 오래지 않은 시간 안에 모두 뒤덮어 버릴 것이다.

숲을 막는 것은 사실 사람밖에 없다. 사람은 숲을 막을 뿐만 아니라 끊임없이 없애고 있다. 한 책에 따르면, 20세기 100년 동안 인류는 지구 원생림의 절반을 파괴했다고 한다. 그리고 지금도 한 시간마다 1500헥타르라는 맹렬한 기세로 삼림을 없애고 있다고 한다.

*

「데이비드 에튼버러: 우리의 지구를 위하여」라는 다큐멘터리 영화가 있다. 나이 아흔이 넘은 데이비드 에튼버러가 90년 동안 지구가 어떻게 바뀌어 왔는지를 말하고, 마지막에는 지구를 위해 우리는 무엇을 해야 하는지를 말하는 영화다.

영화에는 체르노빌이 소개되기도 했다. 방사능 누출 사고가 일어난 그 체르노빌이다. 사고가 난 뒤 체르노빌은 방사능 때문에 사람이 살 수 없는 곳으로 바뀌었다. 다큐에도 나왔다. 체르노빌에는 사람이 보이지 않았다. 도시인데도 단 한 사람도 보이지 않았다. 도시 전체가 텅 비어 있었다. 그 자리를, 사람이 모두 떠난 그 자리를 나무가 차지하고 있었다. 도시는 거대한 숲으로 바뀌어 있었다. 그리고 놀랍게도 그 숲에서 여우, 말, 사슴, 늑대와 같은 동물이 살고 있었다.

슬픈 일이었다. 한편 다행이라는 생각도 들었다. 그곳에 풀과 나무가 나고 자라는 것이 그랬다. 풀과 나무는 어떻게 방사능을 이기고 있는지, 해를 입지 않고 자라고 있는지 신비로웠다. 그것은 그곳에 사는 야생동물들도 같았다.

죄는 인간이 짓고 그 해는 그들이 받고 있는 셈이다. 그들이라고 방사능으로부터 해를 입지 않을 리 없다. 슬픈 일이다. 그들은 걸레나 빗자루처럼 제 몸을 망가뜨리며 자기가 사는 곳을 정화하는 성스러운 청소부인지도 모른다. 아마, 아니 틀림없이 그럴 것이다.

매실나무 군
그쪽으로는 안 돼
남의 땅이야

나무는 담을 넘는다. 담을 넘으면 가지가 잘린다는 걸 나무는 모른다. 나무에게는 경계가 없다. 물론 국경도 없다. 그뿐

만이 아니다. 나무의 삶은 그의 키만큼이나 까마득히 높다. 왜
그런가? 다음 엽서를 보라.

알밤이 떨어지기 시작했다. 땅의 선물이다. 아니다. 밤나무
와 천지의 선물이다. 다시 말해 에덴동산의 선물이다.
　돌아보면, 사람을 빼고는 모두 이처럼 선물을 주고, 받으며
산다. 거저 주고, 받는다. 돈이 필요 없다. 돈 대신 존경과 감사
가 있을 뿐이다. 완전히 다른 나라다.
　그렇다. 인간 세상을 빼면 지구는 아직도 에덴인 것이다. 에
덴이 아니었던 적이 한 번도 없는 것이다. 인류는 시장 경제밖
에 모르지만, 지구는 아직도 선물 경제로 돌아가고 있는 것
이다.

금강산은 아름답다고 한다. 백두산은 영험하다고 한다. 하
지만 우리는 가지 못한다. 북한 사람들도 같다. 남한에 오지
못한다. 당일치기 여행조차 금지다. 여행이 뭔가? 발 하나 들
여놓지 못한다. 1억에 가까운 사람이 살면서도 어느 누구도

남과 북 사이에 그어진 금을 지우지 못하고 있다. 이런 바보가
없다.

두릅나무의 영향이었을까, 아니면 가르침이었을까, 그해
성탄절에 나는 이런 꿈을 꿨다.

지구 위의 모든 무기를 영구히 폐기하고
국경 따위 다 없애 버리고
자유롭게 서로 오가며
노래하며
춤추며
서로 도와 가며
사이좋게
배를 두드리며 웃고 살 수도 있는데……

개미 호랑이 코뿔소 고래 오리 갈매기 등
사람을 빼고는 모두가 그렇게 사는데
왜 사람만이,
만물의 영장이라는 사람만이 그렇게 못 사는 걸까?
파리와 모기조차 그렇게 살고 있는데……
모두가 에덴에서 살고 있는데

벌레의 가르침

　한 미국 청년이 저희 집에 왔습니다. 붙박이장을 짜 주러 왔습니다. 어제 왔습니다.

　점심밥을 먹으러 집에 갈 때였습니다. 첫 노래를 들려준 뒤로는 웬일인지 여러 날 들리지 않던 매미 소리가 들려왔습니다. 그도 들었는지 제게 물었습니다. 매미를 한국말로는 뭐라고 하는지.

　"매미."

　"매미."

　따라 해 보고 그는 이어 말했습니다.

　"저것은 여름 노래예요."

"매미가?"

"네."

매미 울음소리가 여름 노래라고!

그는 스물여덟입니다. 미국에 삽니다. 거기서 태어났습니다. 재미교포 2세입니다. 그는 목수이자 자연주의자이고, 매일 좌선을 하는 명상가입니다. 그런 그가 어제 우리 집 붙박이장을 짜 주며 우리에게 자연농을 배우러 왔습니다.

그의 말 그대로다. 매미 울음소리는 여름이 부르는 노래다. 봄 내내 노래하던 새와 개구리가 여름이 되면 매미에게 무대를 양보한다. 봄이 새를, 초여름이 개구리를 통해 노래한다면 한여름은 매미를 통해 노래한다.

엽서는 이렇게 이어진다.

그의 서툰 한국말이 재미있습니다. 더할 나위 없이 공손한 표정과 어조로 저희 아버지에게 묻습니다.

"당신 밥 먹었어요?"

향교에 열심히 다니는, 예절을 중시하는 아버지도 웃고 맙니다.

하지만 그는 잘 자란 청년입니다. 그렇게 느껴집니다. 매사에 반듯합니다. 8월 3일까지 그에게 많은 것을 배우게 될 것 같습니다.

7월 19일의 엽서다. 7월 19일이면 한여름이다. 한여름은, 앞에서도 썼지만, 매미의 계절이다. 그가 소리를 지배한다. 그의 소리가 가장 많이, 또 오래 들린다. 이른 아침부터 해 질 때까지 운다. 8월 12일에 쓴 엽서를 보자.

이 무렵에는 날마다 같다. 아침 5시 20분쯤이면 참매미가 울기 시작한다. 놀랍다! 산에도 어딘가 시계가 있나 보다.

참매미에 이어, 얼마 뒤부터 애매미와 쓰름매미가 울기 시작한다. 말매미도 빠지지 않는다. 그 가운데 맴맴맴맴매~ 하고 우는 참매미 소리가 가장 크다. 늦게까지 우는 건 유지매미다. 풀매미 소리는 아직 듣지 못했다. 어디 가야 들을 수 있을까?

밤에는 귀뚜라미와 여치가 운다. 밤인 걸 아는지 그들은 매미처럼 큰 소리로 울지는 않는다. 작은 목소리로 밤새도록 운다. 가까이서 운다. 꼭 내 방 어딘가에서 우는 것 같다. 그만큼 가까이에서 여치와 귀뚜라미 소리가 들려온다.

★

곤충은 다른 말로 벌레라 한다. 벌레의 가장 큰 특징은 아마도 작다는 걸 거다. 작지만 쏘기도 하고, 물기도 하고, 어떤 것은 보기 흉하다. 그래서이리라, 사람들은 벌레를 하찮게 여기고 꺼린다. 되도록 눈에 띄지 않기를 바란다. 어쩌다 벌레가 몸에 앉거나 붙으면 기겁을 한다. 아무렇지 않게 죽인다. 그것 없이도 얼마든지 살 수 있는 줄 안다. 자주 그것들이 없어지기를 바란다. 왜 그것이 있는지 생각해 보지 않는다.

> **다른 모든 것을 버리고**
> **가난한 사람 중에서도 가장 가난한 사람들**
> **가운데 계신 그분을 섬기기 위해**
> **그분을 따라 빈민가로 들어가라**

마더 테레사에게 온 계시다. 그녀의 나이 서른여섯이었던 1946년의 일이라고 한다. 그녀는 그 하늘의 소리를 결핵에 걸려 요양을 하려고 인도 북동부의 다르질링으로 가던 길에 들었다고 한다.

가난한 사람만이 아니다. 눈을 감으면 보인다. 벌레 속에 계시는 하느님, 혹은 하나님, 혹은 한울님이! 그렇다. 우리는 벌레를 섬겨야 한다.

왜 그런가?

첫째는 벌레가 없으면 세상은 금방 동식물의 주검과 똥으로 가득 차게 되기 때문이다. 주검과 분뇨를 분해하는 것은 벌레를 비롯한 미생물이 아닌가! 그분들이 없다면 지구는 채 한 달이 가기 전에 사람이 살 수 없는 곳으로 바뀐다.

둘째는 벌레가 없으면 새를 볼 수 없기 때문이다. 새를 낳고, 키우는 것은 벌레다. 벌레는 새들의 밥이기 때문이다. 새 새끼를 키우는 것은 어미 새지만, 새를 키우는 것은 초목의 열매를 비롯하여 벌레인 것이다.

셋째는 벌레가 없으면 먹을 수 있는 나무 열매가 많이 줄어들거나 사라지기 때문이다. 많은 풀과 나무가 벌레를 통해 사랑을 나누지 않는가.

이와 같다. 벌레는 열등하지 않다. 그늘이 있어 인류는 산다. 살아갈 수 있다.

영어에서는 사람의 이름에는 첫 글자에 대문자를 쓰지만 식물이나 동물에는 그렇게 하지 않는데, 내 눈에는 잘못된 표기법이다. 같이 쓰거나 같이 안 써야 한다. 왜냐하면 위아래가 있는 것처럼 보는 것은 사람만의 착각이기 때문이다. 모든 존재의 실상은 직선이 아니라 원으로 표기해야 한다. 우리는 동그라미를 이루며 서로 도와야 살 수 있다.

작다고 얕보면 안 된다. 예를 들어 보자. 11월 22일에 쓴 엽서다.

통가마골 밭가에는 쑥부쟁이 군락이 있다. 작년에 그곳에서 쑥부쟁이 몇 뿌리를 나눠 캐다가 마당가 돌담 사이에 심은 일이 있었다. 그 풀이 살아 올가을에 오래도록 꽃을 피우고 있다. 우리 집 정원의 다른 가을꽃들은 서리가 내리며 다 죽었는데, 오직 그 쑥부쟁이만이 아직도 살아 꽃을 피우고 있다.

그 꽃에 그저께와 어제 나비가 왔다. 오늘은 오지 않았다.

아마도 낮아진 기온 때문인가 보다.

그 나비는 작은멋쟁이나비였다. 어떻게 그걸 아나? 앱의 하나인 '렌즈' 덕분이다. 사진으로 찍어 검색하면 바로 이름을 비롯하여 관련 정보까지 다양하게 알려 주는 앱이다.

거기서 알았다. 작은멋쟁이나비는 사하라사막을 건너는, 곤충 가운데서는 가장 먼 거리를 비행하는 곤충이라 한다. 자그마치 1만 2000킬로미터에서 1만 4000킬로미터를 이동한다고 하는데, 그 비결은 뭘까?

체지방이 큰 것, 그것이 첫 번째 비결이라 한다. 그 나비는 40시간을 쉬지 않고 날 수 있는 체지방을 지니고 있다고 한다.

다른 하나는 바람 타기인데, 작은멋쟁이나비는 1에서 3킬로미터나 되는 높은 하늘에 올라가 그곳의 강풍에 몸을 실을 줄 아는 모양이다.

1000미터에서 3000미터나 되는 하늘을 1만 2000킬로미터 이상 난다고 한다! 그런데도 작은멋쟁이나비는 내게 자랑 한마디 하지 않았다. 앱이 아니었다면 나는 그 나비가 그렇게 고수인 줄 꿈에도 몰랐으리라. 어느 누가 있어 거기까지 겸손

할 수 있으랴!

가만히 보면, 다시 말해 낮은 자세로 보면 많은 것이 달리 보인다. 우리가 잘못 알고 있는 게 참 많다는 걸 알게 된다. 작은멋쟁이나비는 말한다.

겸손이야말로 최고의 망원경이자 현미경이다.

겸손할 수 있으면, 달리 말해 엎드려서 볼 수 있으면 비로소 보인다. 주변의 것들에 우리가 얼마나 큰 실례를 범해 왔는지.

작은멋쟁이나비만이 아니다. 호박과 매미 등도 만만치 않다. 그들은 수준 높은 삶은 산다.

호박이 날마다 꽃을 피웁니다
매미도 온종일 웁니다

지난해는 물론
지지난해와도 같습니다
조금도 다르지 않습니다
지난날들과 똑같이 살면서도 행복합니다

호박과 매미는

천년을

해마다 똑같이 한여름을 보내면서도

더없이 행복합니다

여유가 넘칩니다

닭은 어리석지 않다!

닭을 키우는 이웃집이 있다. 그 이웃이 집을 비울 때면 그 집에 가서 닭 모이를 주고 있다. 그런 일이 벌써 여러 달 이어지다 보니 닭으로부터 배우는 게 적지 않고, 그것을 나는 그날의 1일1손글씨 엽서에 적어 두었는데, 그 글을 소개해 가며 닭 이야기를 해 보기로 한다.

닭이라고 하면 '지혜가 몹시 떨어진다' '잘 잊는다'는 뜻을 담은 '닭대가리'라는 말이 가장 먼저 떠오르는 사람이 많으리라. 여러 마리 닭 속에 한 마리의 학이라는 뜻의 '군계일학'도 닭을 낮추어 보는 사자성어다.

그런가 하면 그 반대도 있다. 이 경우에서는 거꾸로 닭이 스승이자 모범이다. 어떤 경우인가? 술 마실 때다.

본 적이 있는가? 닭은 물을 마실 때 벌컥벌컥 마시지 않는다. 술술 마시지도 않는다. 꿀꺽꿀꺽 마시지도 않는다. 부리에 한 모금 물고 머리를 들어 뒤로 젖히며 넘긴다. 그렇게 조금씩 여러 차례에 나눠 마신다. 매우 조심스럽다.

그 모습을 보고 지었을 거 같은 한자가 있으니 술 주酒 자다. 한자는 상형문자, 곧 모양을 가지고 뜻을 나타낸다. 그런 글자다. 酒는 물을 뜻하는 삼수 '변氵'에 닭을 이르는 '유酉' 자를 합쳐서 만든 글자다. 닭이 물을 마시는 모습인데, 왜 그것을 술을 나타내는 글자로 삼았을까?

그렇게 술을 마시라는 뜻이 아닐까? 그렇다. 이때는 닭이 모범이다. 선생이다. '닭대가리'라고 할 때와는 정반대 태도다.

한편 내게는 닭대가리 또한 한 면의 진실만을 나타내는 말인 것 같다. 과연 닭대가리가 나쁘기만 한 것일까, 하는 것이다. 왜 그런가? 내게는 이런 경험이 있다. 2022년 1월 12일에 쓴 엽서를 보자.

이웃집이 집을 비울 때면 그 집에 가서 닭에게 물과 모이를 준다. 토요일과 일요일은 매주 가야 하고, 평일에도 그 집은 집을 비울 때가 있다. 그런 일이 반복되다 보니 닭들은 내가 보이면 이렇게 외치며 반긴다.

"아빠, 아빠."

"아빠 온다."

"아빠 어서 와."

수탉 한 마리에 암탉이 여덟 마리인데, 모두 존칭을 쓸 줄 모른다.

모이는 닭장 한 귀퉁이에 둔 사료를 바가지로 퍼서 주고, 물은 물통에 담아서 지고 간다. 닭장에 비치돼 있는 물통의 물은 얼어 있기 때문이다. 그렇게 다니며 봤다. 닭에게는 이런 특징이 있었다.

첫째는, 똥을 가리지 않고 아무 데나 싼다는 것이었다.

둘째는, 부리를 가지고도 물통의 살얼음조차 깨려고 하지 않는다는 것이었다. 톡 건드리면 깨질 것 같은 얇은 얼음조차 깨지 않고 목마름을 견디는 특이한 동물이었다.

욕할 일이 아니었다. 그 반대였다. 닭은 꼭 갓난아이와 같았다. 태평천하였다. 다 맡기고 아무런 걱정도 하지 않고 살고 있었다. 임금과 같았다.

대충 짐작이 갔지만 닭들에게 물어봤다.

"다 좋다. 그런데 만약 내가 안 오면 너희는 어떻게 할 거니?"

"그럴 리가 없다."

"아니, 안 올 수도 있잖아? 그럴 때는 어떻게 할 거니?"

"그런 건 생각해 본 적 없다."

"만약에 말이야, 만약에 오래 아무도 안 와서 죽어야 한다면?"

"그건 그때 가서 생각할 문제다."

속이 터졌다. 문답을 포기할 수밖에 없었다.

"왜 아직 오지 않은 일로 걱정을 해?"

그것이 닭이었다. 그처럼 닭들은 다 내맡기고 살고 있었다. 그런데 궁금하다. 닭들은 도대체 무엇에 자신을 맡기는 걸까? 무엇을 믿는 걸까?

그렇게 닭은 사람과는 다른 차원을 살고 있었다. 내게는 그렇게 보였다. 그것은 다를 뿐 낮은 것이 아니었다. 사람보다 못하게 보이는 건 우리만의 생각이었다. 우리는 닭보다 우월한 존재라고 믿고 있지만, 과연 그럴까?

조금 더 보기로 하자. 2월 6일에는 이렇게 썼다.

토요일과 일요일은 집을 비우는 이웃집. 나는 그 이틀간 하루 한 차례씩 그 집으로 닭 모이를 주러 간다. 산길을 걸어가서 닭에게 물과 모이를 주고 낳은 알이 있으면 품삯 삼아 가져오는데, 겨울이라 닭은 알을 적게 낳는다. 더하고 빼면 하루 한 알쯤인 그 한 알을, 혹한기에는 얼어 터지기도 하는 그 하루 한 알을 나는 절을 하고 가져오는데, 무엇에 나는 절을 하는 걸까?

물론 닭이다. 닭은 바보 성자다. 자기가 낳은 그 귀한 알을 내가 가져가는데도 막지 않는다. 날카로운 부리를 가지고도 쪼려 들지 않는다. 선선히 내어 준다. 그렇게 셈을 모르는, 달리 말하면 닭의 그 바보 성자 같은 처신에 나는 절을 하는 것이다. 내게는 불가능한 그의 그 경지에 나는 절을 하지 않을 수 없는 것이다. 어디서나 언제나 셈이 빠른, 큰 계산을 할 줄 모르는 나를 부끄러워하며.

보기에 따라서 닭은 '닭대가리'로 말해지는 바보지만 그것이 내게는 성자의 모습으로 보였다. 셈에 밝으면 사람이다. 셈에도 여러 가지가 있다. 작은 셈이 있고, 큰 셈이 있다. 작은 셈은 은행에서 이루어지고, 큰 셈은 하늘에서 이루어진다. 하늘

셈은 은행에 넣지 않고 남에게 준다. 내가 아니라 남이 더 이롭도록 셈을 한다.

작은 셈에 지친 탓일까, 닭들을 보며 이런 글을 쓴 날도 있다. 1월 14일의 일이었다.

오늘도 가방을 메고 이웃집 닭에게 모이를 주러 갔다. 가방 안에는 닭에게 줄 물이 들어 있었다.

닭들은 내가 보이자 모두 우르르 달려와 곁에 붙어 서서 나를 기다렸다. 얼마나 아빠를 기다리는 아이들 같았다. 그들의 그런 천진무구함 앞에서 나는 가끔 울고 싶어진다. 그들에 견주면 나는 얼마나 더럽나!

내 안에는 쉬지 않고 남은 물론 나도 재판하는 재판관이 한 사람 사는데, 그에게 안을 내준 날에는 닭 볼 면목이 없다. 그런 날에는 그들을 붙잡고 울고 싶어지고, 그들에게 구원을 구걸하고 싶어진다. 오늘도 그랬다.

이 엽서에서는 재판관을 말하고 있지만, 그것은 주관과 다르지 않다. 셈이디. 계산이다. 사람은 셈이 빠르다. 그래서 지구에서 현재의 성공을 거뒀는지 모른다. 아마도 그 능력 덕분일 것이다. 하지만 나는 본다. 닭 같은 바보 성자 덕분에 사람의 현재는 있다. 소나 돼지도 같다. 나무나 풀도 같다. 셈에 어둡다. 아니, 그들은 셈이 크다. 아마도 사람은, 사피엔스는 앞으로도 그렇게 살지 못할 것이다. 이제까지처럼 약삭빠르게, 한 푼도 손해 안 보려고 꼼꼼히 따지며 살 것이다.

이것으로 끝일까? 아니다. 닭은 봄이 오는 걸 일러 주기도 한다. 날이 밝아 오는 것만을 일러 주는 게 아니다. 무엇으로 그렇게 할까? 다음 엽서를 읽어 보자. 2022년 2월 13일에 쓴 글이다.

일요일. 이웃집의 아홉 마리 닭에게 물과 모이를 주러 갑니다. 물 먼저 줍니다. 물통 속의 물이 얼어 있습니다. 물통 속의 얼음을 버리고, 가져간 물을 부어 주면 닭들이 달려와 그 물을 먹습니다. 고개를 하늘로 들어 올려야만 부리에 머금은 물을 목 안으로 넘길 수 있는 닭들의 그 특이한 음수 모습을 지켜보다가 압니다. 저나 나나 물이 있어서 사는구나! 모든 강,

바다, 구름, 눈비, 태풍, 수돗물, 물통 속의 물 등등, 그 모든 것을 다 합치면 용龍인데, 그 용을 향해 마음 안으로 두 손을 모으며 보니 암탉에게도 봄이 와 있습니다. 그들이 낳는 알이 많아졌습니다. 어제는 세 알이었고, 오늘은 두 알입니다. 얼마 전까지만 해도 하루 한 알이었습니다. 봄이 오며 늘어나고 있습니다. 그렇습니다. 봄의 선물입니다.

*

닭이 정말 큰 선생님 노릇을 한 일도 있다. 먼저 다음 엽서를 보자. 7월 17일의 엽서다.

이제는 야시는 분이 많겠지만, 토요일과 일요일에는 이웃집으로 닭 모이를 주러 갑니다. 어제도 갔고, 오늘도 다녀왔습니다.

그새 병아리가 생겼습니다. 부화기에서 나온 병아리가 아닙니다. 암탉이 품어서 깐 병아리입니다. 모두 다섯 마리입니다. 지금도 두 마리가 알을 품고 있습니다.

흰 털을 가진 병아리가 두 마리, 검은 털은 가진 병아리가 두 마리, 잿빛 털을 가진 병아리가 한 마리입니다.

닭은 내 새끼 네 새끼 이런 구분 안 하는 것 같습니다. 누가 낳은 달걀이냐를 따지지 않고 한 암탉이 품어 까고, 그 어미 닭을 중심으로 다 함께 돌봅니다.

야마기시카이山岸會라는 농업 공동체가 있습니다. 한국에도 있다고 들었습니다. 한국에서는 야마기시즘 실현지라고 하는 것으로 알고 있습니다. 야마기시 미요죠山岸巳代藏라는 이가 닭들의 살림을 보고 영감을 얻어 세운 공동체라고 들었습니다. 닭처럼 그곳에서도 무소유입니다. 그곳에서는 아이가 태어나면 모두가 함께 기른다 합니다. 네 아이, 내 아이가 없고 공동체의 아이인 거죠.

중고등학교 시절을 마야기시카이에서 보냈다는 핫토리 미키오服部三樹雄夫라는 유튜버가 있다. 그의 동영상을 보며 안 사실이다.

야마기시 미요죠는 스무 살 무렵에 여행을 많이 다녔다고 한다. 그것을 어떤 책에서는 방랑 여행이라고 쓰고 있다. 그 여행에서 돌아온 야마기시는 닭을 키웠다. 그는 궁금했다고 한다. 사람의 돌봄을 받지 않으면 닭들은 어떻게 사는지. 2년간 모이를 안 주며 지켜보았는데, 그 시간에 깨달은 것이 야마기시카이의 바탕이 됐다고 한다. 그것은 이런 것이었다.

> 닭똥은 논밭을 거름지게 한다.
> 그 밭에서 난 것으로 닭을 키운다.
> 사람은 닭과 논밭을 돌보며 그 둘이 주는 것으로 살아간다.

닭은 개인 소유 없이 함께 살아간다. 무소유다. 돈이 없다. 거기서 배워 야마기시카이에서는 개인 소유가 없다. 개인 통장이 없다. 공동체 통장 하나가 있을 뿐이다. 옷도 함께 돌려 입고, 밥도 함께 먹는다.

야마기시카이는 농업 공동체 가운데서는 전 세계에서 가장 크게 성공한 것으로 알려져 있다. 일본만이 아니라 우리나라를 포함하여 스위스, 브라질, 태국, 미국, 오스트레일리아 등에도 실현지가 있다고 한다. 닭은 이렇게 우리에게 어떻게 살아야 하는지도 일러 주고 있다.

겨울잠을 자는
동물의 메시지

가을걷이로 바쁠 때라 손님도 함께 일하지 않을 수 없다. 이번에 다녀가신 수녀님도 우리 집에 머문 10월 18일부터 21일까지의 3박 4일 내내 우리와 함께 일했다. 함께 양파 모를 심었고, 수수 이삭을 털었다. 함께 보리와 밀 씨앗을 뿌렸고, 그다음 날에는 들깨를 털었다.

궁금하리라. 수녀님이 어떻게 3박 4일이나 농가인 우리 집에 와서 지내실 수 있었는지. 그 까닭은 다음과 같다.

그 수녀님이 속해 있는 수도원에서는 7년마다 한 차례씩 두 달간의 휴가가 주어진다고 한다. 수도원 법규에는 수녀원이나 여타 천주교 조직 안에서 그 두 달을 지내게 돼 있지만 특

별 청원을 통해 바깥에 나와 지내고 있다 했다. 그 두 달 동안 여러 곳에 다니며, 특히 농촌에 다니며 눈여겨보고 귀 기울여 들으며 배우려 한다고 했다. 우리 집도 그 가운데 하나였다.

수녀님은 사흘 내내 끝없이 물었고, 모든 일을 자기 일처럼 열심히 했다. 조금도 몸을 사리지 않았다. 때로는 수녀님이 주인이고, 우리가 손님 같았다.

"수녀님의 열정이 부럽네요."

아내의 감탄이었다. 수녀님은 아내보다 한 살이 위였다. 동년배인 셈인데, 그 나이에도 자신의 길을 직심스럽게 열어 가는 그 열정이 아내의 마음을 흔든다고 했다. 그런 삶의 태도가 어디서 오는지를 아내가 수녀님에게 물었다.

"우리가 환경을 너무 많이 망가뜨렸잖아요. 더는 안 된다는 생각이 들었어요. 후손에게 죄를 짓는 일이니까요. 그렇게 제가 가야 할 길을 만났어요."

수도 생활, 곧 기도 가운데 그런 말씀을 들었다고 했다. 그렇게 생태적인 삶, 친환경 농업이 수녀님 삶의 기둥이자 목표가 됐다고 했다. 수녀님의 열정은 이와 같이 수녀님 삶의 목표라고 할까, 소명에서 솟아나고 있었던 것이다!

"그 꿈을 이루기 위해 3년제 농업 전문학교에 가서 배웠어요. 도시에서만 살아 아무것도 몰랐거든요."

수녀님은 그 학교를 마친 뒤, 작은 텃밭이 있는 빈집을 얻어 시작했다. 그곳을 생태 공동체로 키워 가는 게 목표였다. 얼마 뒤에는 이웃집도 얻을 수 있었다. 1000평 크기의 밭이 딸린 집이었다. 그 무렵에는 수녀님 두 분이 동참했다.

"저희도 같아요. 흔들려요. 늘 한마음을 지켜 가기가 어렵지요. 어디나 그런 것처럼 우리에게도 여러 어려움이 닥쳐오고요."

그럴 때 7년마다 주어지는 두 달은 귀하다.

"두 달 가운데 한 달은 성서를 읽으며 보내게 돼 있어요. 성서 통독이라고 하는데, 구약과 신약을 처음부터 끝까지 다 읽어요. 그렇게 성서를 읽으며 기도를 해요."

"한 달이면 성서를 통째로 한 번 다 읽을 수 있나요?"

"읽을 수 있어요. 다른 일 없이 오로지 성서를 읽으며 기도만 하니까요."

그런 시간을 나도 갖고 싶었다. 성서는 크나큰 보물 창고 아닌가! 최고의 인생 교사가 아닌가! 그렇게 한 달을 보내면 어떤 식으로든 인생을 보는 눈이 자라날 것이 틀림없으리라.

"재충전이 돼요. 달리 말하면 남은 날들을 어떻게 살아야 하는지 눈이 떠져요. 그러면 힘이 나지요."

농부에게는 겨울 농한기가 있다. 비닐하우스 재배와 같은 겨울 농사를 하지 않는 한 11월부터 3월까지는 겨울 방학이다. 특히 12월부터 2월까지의 석 달 동안은 거의 일이 없다.

그때가 기다려진다. 석 달 가운데 한 달을 떼어 내어 수녀님들처럼 성경을 통째로 읽으며 지내볼까? 아니면 그 수녀님처럼 두 달간 견학의 수도 여행을 떠나면 어떨까?

그런 생각이 든다. 때로는 굴뚝같이 든다. 그날도 그랬나 보다. 2021년 12월 5일의 엽서에 나는 이렇게 그 심정을 옮겨 적고 있다.

어제 고추장을 담고
오늘 그 뒷정리를 하며
가을걷이를 모두 다 끝내고 나니
눈이 그립다
2미터나 3미터쯤 되는 큰 눈이 오고,
다른 사람들은 그러면 안 되나
나에게만 큰 눈이 오고,
나는 그 큰 눈 안에서

내년 봄까지

개구리처럼

물론 개구리에게 물어서 확인한 게 아닌

순전한 짐작이지만,

한 호흡이 10분이나 20분쯤 되는

그런 조용한 겨울나기를 하고 싶다는

도무지 말이 안 되는 생각이 들기도 했다

어제 고추장을 담고

오늘 그 뒷정리를 하며

가을걷이를 모두 마치고 나니

*

　2월 3일이다. 경칩이나 돼야 일어나는 개구리는 지금도 잠을 자고 있겠지? 개구리처럼 많은 동물이 겨울잠을 자는데 그 까닭은 뭘까? 왜 자는 걸까?

　겨울잠을 자는 동물로 가장 잘 알려진 곰이 겨울잠을 자는 까닭은 겨울에는 먹을 것이 적기 때문이라고 한다. 그 말이 틀리지 않겠지만 표현은 바꾸는 게 좋을 거 같다. 곰은 먹을 것이 적은 겨울에는 자는 것이 좋다고 여기고, 그렇게 한다고. 나는 곰만이 아니라 사람도 그렇게 겨울을 나면 좋겠고, 나 혼자라도 그렇게 할 수 있으면 좋겠다.

한편 개구리는 곰과는 다른 이유로 겨울잠을 잔다. 개구리는 변온 동물이다. 추우나 더우나 같은 온도를 유지하는, 곧 항온 동물인 사람이나 곰과 달리 바깥 온도가 떨어지면 몸 온도도 떨어진다. 한겨울의 낮은 기온은 개구리의 생명을 위협하기 때문에 바깥보다는 기온이 높은 땅속이나 물속으로 들어가 잠을 지며 겨울을 나는 것이다. 뱀도 같은 이유로 겨울을 땅속에서 잠을 자며 난다.

민물고기도 겨울잠을 잔다고 한다. 미꾸라지도 자고, 붕어도 자고, 쏘가리도 잔다고 한다. 뻘이나 모래 속에 들어가 잔다고 한다. 가장 오래 겨울잠을 자는 동물은 북극땅다람쥐라고 하는데, 1년에 8개월을 잔다고 한다.

우리나라 모든 국민은 초등학교 6년과 중학교 3년, 총 9년의 교육 과정을 의무적으로 거쳐야 한다. 그처럼 모든 성인에게 안식년, 달리 말하면 자기 개발 휴직을 의무화하면 어떨까?

예를 들면 이렇다. 모든 국민이 1년에 한 달은 무조건 쉰다.

물론 법정 공휴일은 빼고 한 달이다. 거기서 끝이 아니고, 6년 일하면 1년 쉰다. 그것을 필수로 하자는 거다. 그렇게 노동법을 바꾸자는 거다. 벌써 그렇게 하는 곳도 있는 것으로 알고 있다. 그런 시간이 우리 모두에게 필요하다. 나는 그렇게 본다. 그 시간은 나의 성장만이 아니라 더 나은 세상을 만드는 데도 꼭 필요하다고 보기 때문인데, 이 모든 것이 겨울잠을 자는 동물의 말씀이다. 내 귀에는 그것이 들린다. 정리하면 다음과 같다.

잠을 자라. 긴 잠을 자라. 그래야 착해진다.

내가 아는 한 수련원(그곳에서는 수련원이라 하지 않고 마음 닦는 마을이라고 한다.)에서는 1년 내내 아침에 한 시간, 저녁에 한 시간씩 수련 시간을 갖는다. 수련기에는 새벽 4시 반부터 저녁 8시 반까지 수련이다. 그곳에서는 누구나 1년에 한 번은 이 집중 수련에 참여하고, 나머지 날들에는 아침저녁으로 한 시간씩 하루에 두 시간 수련하기를 권한다.

그 말이 맞다. 하루 두 시간 이상은 그런 시간을 가져야만 바깥의 것에 사로잡혀 있는 마음을 깨울 수 있다. 혹은 이런저런 일과 그것들에서 받은 기억의 더미에서 영혼을 꺼낼 수 있다. 혹은 혼탁해진 내 안의 바다를 본래의 맑은 상태로 되돌릴 수 있다. 그 과정에서 보인다. 내일은 어떻게 사는 게 좋은지.

겨울잠도 같다. 비전퀘스트의 시간이다. 휴식과 잠을 통해 영혼이 정화되며 보인다. 내가 가야 할 길과 인류가 가야 할 길이.

2020년 11월 9일에 내게 온 시다.

쉬다 봤어요
잎이 거의 다 진 밤나무
그 위에 떠 있는 낮달!

쉬다 봐요
안 그럴 때도 있지만
쉴 때 더 많이 봐요
하늘
당신

비바 파필리오

2022년 9월 24일의 일이다. 서울에서 '기후정의 행진' 시위가 있어 동참했다.

여기서 말하는 기후정의란 기후 불평등을 바로잡자는 거다. 무엇이 불평등한가? 기후 재앙의 원인은 선진국이나 부자가 만들고, 그 피해는 후진국이나 가난한 사람이 입고 있다는 것이다. 그렇다. 사실은 불평등 정도가 아니다. 억장이 무너지는 일이라 해야 한다. 소득 상위 1퍼센트가 전 세계 이산화탄소 배출량의 50퍼센트를 만들어 내고 있는데, 1퍼센트밖에 배출하지 않는 파키스탄 같은 나라가 오히려 폭염과 홍수로 고통을 받고 있다는 것이다. 한국도 가해 국가 가운데 하나.

기후 불평등은 한 나라 안에서도 일어나고 있다. 쪽방이나 반지하에 사는 가난한 사람들은 이산화탄소 배출이 적은데도 자연재해에 더 많이 노출돼 있다는 것이 그것이다. 태평양의 섬나라 가운데는 국토 전체가 사라질지도 모르는 위기에 놓인 나라조차 있는데, 이런 것들을 바로잡자고 모인 것이 '기후 정의 행진'이었다.

　그렇다. 불평등만이 문제가 아니다. 자꾸만 높아지고 있는 지구 온도, 그것을 바로잡아야 한다. 더는 안 된다. 막아야 한다. 기후는 힘이 세다. 예를 들면, 성경에 나오는 물의 심판과 같다. 기후는 온 세상을 물바다로 만들 수 있는 것이나. 아무것도 보이지 않는다. 모든 것이 물에 잠겨 버렸기 때문이다. 그런 것이 기후다. 기후 변화다.

　2022년 9월 24일 오후 3시에 시청 앞 대로에 모였다. 조직위에 따르면 참가자가 3만 5000명에 이른다 했다. 피켓을 만들어 온 사람이 많았다. 그 피켓에는 기후와 관련한 참가자들의 다양한 목소리가 담겨 있었다.

　　지구는 인간만의 것이 아니다
　　No earth no life

지구는 재활용 불가

화석연료 no 재생에너지 yes

지구 위기=우리의 위기

걷고, 자전거를 타고, 대중교통을 이용하자

바다가 죽으면 사람도 죽는다

이윤보다 생명

One earth one chance

지금이 아니면 미래는 없다

지구를 지키자, 기후 변화는 우리의 책임

우리의 풍요로움은 누군가의 희생이다

멸종 할래, 생태사회주의 할래?

COP26 ACT NOW

우리가 먹는 것이 지구의 미래다

우리의 공동의 집이 불타고 있다

화석 연료 그만 태우고 기후 위기 당사자 목소리를 들어라

북극곰을 도와주세요

공장식 축산 철폐

Fossils or our future

이대로는 못 살겠다 지구 빼고 다 바꾸자

기후야 변하지 마, 내가 변할게

지구가 아프면 내 몸도 아프다

덜 소비하고 더 존재하자

기성세대가 망친 미래 우리가 책임져야 하나?

빙하가 녹고 있습니다. 당신의 미래도 녹일 겁니까?

미세플라스틱 특별법 제정 촉구

석탄: 탈게 / 지구: 뜨거워질게 / 인간: 멸종할게

3만 5000명 가운데 한 사람으로 앉아 생각해 보았다. 내가 외치고 싶은 메시지는 무엇인가? 그것은 이런 것이었다.

애벌레에서 나비로!

*

왜 그런가? 먼저 엽서 한 장을 읽어 보기로 하자.

한 애벌레가 우리 마을을 죄 뒤덮고 있어요. 모든 산과 들과 정원의 나무가 그들의 차지가 됐습니다.

특히 저희 밭가에 심은 사과나무의 수난은 그 도가 지나칩니다. 처음으로 사과나무 꽃이 가득 피어 고마웠는데, 이 애벌레가 잎을 다 먹어 버리고 줄기만 남았습니다.

매미나방애벌레입니다. 우리 마을의 일만이 아닌가 봅니다. 더 심한 곳도 있다고 하고, 과일나무만이 아닙니다. 없는 곳이 없습니다. 큰 나무 아래 가면 빗소리가 들립니다. 이 애벌레의 똥이 떨어지는 소립니다. 얼마나 많으면 똥 떨어지는 소리가 빗소리처럼 들릴까요! 산길을 걸으면 거미줄을 타고 있는 이 애벌레가 여기저기 보입니다. 없는 데가 없습니다. 거미줄을 내어 이동하고, 위험에 대처하는 애벌레입니다.

산길을 걷다 앉아 쉴 때면 금방 내 몸 여기저기를 기어다니는 이 애벌레가 보입니다. 그만큼 많습니다. 팔에, 모자에, 바지에, 목에…… 가까이서 보면 예쁜 모습입니다. 얼굴에 큰 점 두 개가 있어 귀엽습니다. 이 애벌레의 속도로, 그의 뒤를 따라 숲속 여행을 하고 싶을 만큼 귀엽지만, 너무 수가 많고, 지나치게 나뭇잎을 먹고 있어 밉습니다. 밉지만 우리 인류는 지구 숲에 그보다 더한 짓을 하고 있어 욕도 할 수 없습니다. 나무랄 수 없습니다. 그런 자격이 우리 인류에게는 없습니다.

그렇다. 인류는 매미나방애벌레보다 더 심하게 나무를, 숲을 해치고 있다. 매미나방애벌레는 그렇게 한 해 창궐하는 일이 있더라도 그다음 해에는 모습을 감추지만, 인류는 그렇지 않다. 해마다 그 수가 늘어난다. 그 피해도 늘어난다. 그 모습을 시로 쓰면 다음과 같다.

그 별에는
하도 커서 끝이 안 보이는,
누구도 그 끝을 볼 수 없는,
별 전체를 덮는
커다란 나무가 한 그루 있는데
어느 날
애벌레 한 마리가 와서
나뭇잎을 먹기 시작했어요
처음에는 몇 마리 안 되던 애벌레가
자꾸 자꾸 늘어나며
여기저기
잎을 모두 다 뜯겨 먹히고
시들어 죽는 가지가 생기기 시작했지만
그 애벌레는 그래도 자꾸 숫자를 늘렸고,
끝없이 나뭇잎을 먹어 댔어요

죽어 가는 나뭇가지가

자꾸 늘어나는데도

나무 따위는 어떻게 돼도 좋다는 듯이

그 애벌레는

나뭇잎을 먹어 댔어요

닥치는 대로

끝없이 나뭇잎을 먹어 댔고,

지금 이 순간에도

그 애벌레는 그렇게 살고 있어요

— 인류라는 이름의 애벌레

시위 현장에서 나는 휴대폰으로 찾아보았다. 파필리오
papílĭo였다. 라틴어로는 나비를 그렇게 부른다 했다.

비바 파필리오

'나비의 길'이라는 뜻이다. 인류가 가야 할 길이다. 그 길밖
에 없다. 내게는 그것이 너무나 분명하다. 아니다. 그것은 내
말이 아니다. 지구의 말씀이다. 아니, 비명이다.

나비는 먹는 게 다르다. 그들은 풀이나 나무를 먹지 않는다.

그처럼 우리는 숲을 해치지 않고 살아가는 길을 찾아내야 한다.

포타와토미족 아메리카 원주민이자 식물생태학자이기도 한 로빈 윌 키머러는 자신의 책 『향모를 땋으며』에서 그것을 'honorable harvest'라는 말로 말하고 있다. 『향모를 땋으며』를 우리말로 옮긴 노승영은 그 말을 '받드는 거둠'이라고 옮기고 있는데, 그 뜻은 다음과 같다.

향모가 필요할 때는 먼저 향모에게 허락을 구해야 한다. 향모에게 나는 어떤 사람인지, 왜 향모가 필요한지를 말하고 향모의 대답을 듣는다. 향모가 허락하면 향모를 잘라 바구니에 담는다. 이때도 조심해야 한다. 향모가 다시 우거지도록 일부만을 잘라야 한다. 결코 절반 이상을 취해서는 안 된다. 남의 몫을 남겨야 한다. 그렇게 보살피며 취해야 한다. 그리고 감사하는 마음을 잊지 않아야 하고, 그것을 표현해야 한다. 농사를 안 짓는 도시 사람들은 장보기를 통해 이 '받드는 거둠'에 참여할 수 있다.

키머러는 그 세계를 이렇게 정리해서 말하고 있다.

"자신을 떠받치는 이들을 떠받치라. 그러면 대지가 영원하리라."

이것이 인류가 나비가 될 수 있는 길이다. 그 길을 얼시 않고는 인류, 아니 지구의 미래는 없기 때문이다. 그런 사람을 우리는 이렇게 부를 수 있다.

호모 파필리오

기후정의를 실현하기 위해서도 그것이 가장 좋다. 먹는 방식, 곧 농업의 방식을 비바 파필리오로 바꾸면 기후 문제는 뿌리부터 바뀌기 때문이다. 먹을 것을 주는 지구가 먼저다. 그가 늘 건강해야 한다. 그런 방식으로 먹을 것을 얻어야 한다.

구체적으로 말하면 그것은 어떤 것일까? 그것을 나는 다음 해 기후정의 행진의 날인 9월 23일의 엽서에 이렇게 썼다.

나비처럼 먹으려면 어떻게 먹어야 하나? 맞다. 불가능하다. 우리는 그 길을 1만 2000년 전에 농사를 짓기 시작하면서 벌써 버렸다. 그나마 덜 부끄러운 길은 내가 아는 한 이런 길이다. 곧 이런 농사다.

첫째는 땅을 갈지 않는 것이다. 땅은 어머니이자 어머니의 배다. 째면 안 된다.

둘째는 벌레와 미생물은 우리의 자매이자 형제라는 거다. 당연히 서로 사이좋게 살아가야 한다. 그 길을 우리는 배워야 한다. 농약 쳐서 죽이는 건 뭘 몰라도 한참 모르는 행동이다. 그게 벌레와 세균만 죽이나? 생태계를 파괴하며, 결국 내 코와 입으로 돌아온다. 그것은 우리 모두의 집을 더럽히는 행위와 다름없다. 전쟁과 다르지 않다.

셋째는 풀 또한 '웬수'가 절대 아니라는 거다. 하늘이 주는 거름이다. 고맙게 받는다. 그 길을 익히면 내 논밭과 집에서 나는 것만 가지고도 해마다 땅이 좋아진다. 바깥에서 가져오는 것들은 그것이 화학비료든 퇴비든 그만큼 바깥을 가난하게 만들고, 더럽히게 된다.

그것을 세상에서는 자연농이라 하는데, 지구에 가장 이로운 길이자, 내가 걷고 있는 길이기도 하다.

씨앗의 힘

2019년 6월 1일의 일이다. 놀라운 일이 그날 있었다. 먼저 그날 쓴 엽서부터 소개하기로 한다.

걸어오다니
수박을 사서 들고
시오리 길을

온다는 시간에 그는 오지 않았다. 웬일일까? 1시간 넘게 늦은 그는 수박 한 덩이를 들고 있었다. 뭐야, 시오리 길을 수박을 안고 걸어왔다고! 미쳤어!!

　나중에 몰래 저울에 달아 보았다. 9.6킬로그램이었다. 작은 수박이 아니었다.

　연주자이자 가수인 그는 새 앨범 version도 가져왔다. 「뺑덕」 「중타령」 「정들고 싶네」 「박타령」 「흥타령」과 같은 노래가 들어 있었다. 들어 보니 그는 보컬이 아니라 연주자로만 참여한 앨범이었다. 그 가운데 하나라도 익혀 부를 수 있으면 좋겠다는 생각도 들었다.

　6월이 큰 수박을 안고 먼 길을 걸어서 왔다! 그런 느낌이었다!

　정말이었다. 9.6킬로그램이라면 들고 걸을 수 있는 무게가 아니다. 수박 중에서도 큰 수박이기 때문이다. 게다가 시오리 아닌가? 시오리라면 6킬로미터다. 빈 몸으로 걷기도 만만치 않은 거리다. 그러므로 특별했다. 그냥 먹을 수 없는 수박이었다.

　그 뒤의 일을 담은 1년 뒤의 엽서를 보자. 2020년 5월 2일에 쓴 그 엽서의 글은 다음과 같다.

시오리를 안고 걸어!

수박 이름이다. 작년에 내게 온 수박이다.

30대 젊은이다. 가끔 내게 온다. 지난여름이었다. 어느 날 저녁에 그가 왔다. 커다란 수박 한 덩어리를 안고 왔다. 우리 면 면사무소(행정복지센터)가 있는 양덕원에서 버스를 내려 걸어왔다고 했다. 양덕원부터라면 시오리 길이다!

씨앗을 받아 두었다. 그냥 먹고 말 수박이 아니었기 때문이다. 그 수박 씨앗을 오늘 심었다. 그의 이름을 붙일까 하는 생각도 했다. 하지만 '시오리를 안고 걸어'가 더 좋다는 게 공모의 결과였다. 그쪽이 그 수박이 지닌 가치는 물론 그를, 그의 행동을 기리는 데 더 적합한 이름이라는 게 이유였다.

힘써 가꾸려 한다. 온 힘을 다할 생각이다. 죽을 때까지 한 해도 빼먹지 않고 그 수박과 함께 살고 싶다.

같은 해 8월 9일에 드디어 수박이 익었다. 그날의 엽서에서 나는 어떤 글을 썼을까? '시오리를 안고 걸어'로부터 시작되는 글이다.

시오리를 안고 걸어.

수박 이름입니다. 조금 길지만 수박 이름입니다. 그 수박이 익었습니다.

작년에 저희 집에 온 수박입니다. 어떤 이가 저희 집에 오며 그 수박을 안고 왔습니다. 시오리를 그 수박을 안고 걸어왔습니다. 그래서 그 수박은 '시오리를 안고 걸어'라는 이름을 갖게 됐습니다.

씨앗을 받아 올봄에 심었습니다. 텃밭에 심었습니다. 싹이 나서 기뻤습니다. 줄기를 뻗으며 자라 기뻤습니다. 꽃이 피어 기뻤습니다. 열매가 열려 기뻤습니다. 그 열매가 크게 자라 주어 기뻤습니다.

여러 덩이가 열렸습니다. 오늘 그 가운데 한 덩이를 땄습니다. 여러 날 비가 이어지고 있어 싱겁지 않을까 걱정했는데 달았습니다. 충분히 달았습니다. 행복했습니다. 아이도 아내도 맛있게 먹었습니다.

＊

2021년 여름의 일이다. 그 여름, 나는 한 조경 회사에서 하루에 15만 원씩 일당을 받으며 품을 팔았다. 예초기로 조림지의 풀을 깎는 일이었다. 나무를 심으면 어렸을 때는 도와주어야 한다. 곡식과 같다. 김매기가 필요하다. 김매기를 하지 않으면 곡식이 풀에 묻혀 죽는 것처럼 어린나무는 주위에 나는 잡목이나 풀에 묻혀 죽는다. 두 달 가깝게 그곳에 머물며 그 일을 할 때였다. 9월 6일 엽서다.

우리가 날마다 점심밥을 먹는 '삼거리 식당'에는 요즘 나팔꽃이 한창이다. 대문가로 모두 세 포긴데 한 포기에 30송이쯤 나팔꽃이 피어 등불을 켠 것처럼 곱고 환하다. 기쁘게도 익은 씨앗도 있었다. 많았지만 그 가운데 열한 알을 받았다. 그렇게 씨앗을 받은 게 며칠 전이었는데, 오늘 그 씨앗에 이름을 짓게 되는 일이 있었다.

밥을 먹을 때 '100번 씹기'가 내 목표다. 100번까지는 못하고 있지만, 그래도 내 밥그릇에는 아직 절반이나 밥이 남아 있는데 동료들은 숟가락을 놓고 일어선다. 오래 씹어 먹을 줄 모르는 바보들이다. 그 즐거움을 그렇게 팽개치고 말다니! 그렇게 동료들은 먼저 일어나고 식당에는 나 혼자였다. 늘 그렇다. 바쁜 시간이 지나 한시름은 놓고 있는 주인아주머니에게 말을 건다.

"한 사람 더 많게 계산한 거 모른 척하지 그러셨어요?"

어제 여섯이 먹었는데 일곱으로 잘못 계산한 것을 오늘 아주머니가 반장과 고쳐 계산하는 소리를 앞에서 듣고 하는 말이었다. 우리 쪽에서는 그 사실을 모르고 있었다. 그렇다. 그녀가 모르는 척하고 넘어갔어도 우리는 모를 일이었다. 오, 저 아주머니 아름답다. 존경스럽다. 그런 마음이 그때 들었는데, 그 마음을 담아 한 질문이었다.

"어떻게 그래요? 그런 일이 있으면 저 잠 못 자요."

역시나!

"가끔 그런 일이 있나요? 계산을 틀리게 하는?"

"있죠. 카드로 계산할 때는. 바쁘다 보니. 0 하나를 더 누르고 계산한 적이 두 번이나 있었어요."

0 하나 더하면 2만 원이 20만 원이 된다. 10만 원이라면 100만 원이다. 궁금했다.

"그래서 그 뒤에 어떻게 됐어요?"

"저는 바빠서 모르고 있고, 손님이 먼저 알고 달려오시죠. 전화를 하시거나."

"반대의 경우도 있을 거 아니에요? 0을 하나 적게 누르고 계산을 한?"

"그런 적도 있죠. 예를 들면 6000원인데 600원으로 누른."

"그럴 때는 어때요? 그때도 손님이 알고 나머지 논을 갚으러 오나요?"

"그런 적은 아직 없었어요."

그 순간 번개처럼 나팔꽃 이름이 정해졌다.

'첫 손님 나팔꽃!'

'내가 그 첫 손님이 될 거야!'의 줄임말이다.

씨앗을 손에 놓고 보면 가슴이 설렌다. 나팔꽃 씨앗은 수십, 수백 송이의 나팔꽃을 내게 보여 줄 것이기 때문이다. 수박도 같다. 씨앗이 있으면 다음 해에도 밥상에 수박을 올릴 수 있다. 한여름에 달고 시원한 수박을 먹을 수 있다. 그 기쁨을 해마다 이어 맛볼 수 있다.

손안의 씨앗은 이런 말도 한다.

너는 언제나 다시 시작할 수 있어.

씨앗은 봄이 오면 다시 시작할 수 있다. 지난해의 삶이 어떠했든 새봄에는 새로 시작할 수 있다. 살아만 있다면 말이다.

그처럼 우리도 살아만 있다면 새봄에 새로 시작할 수 있다. 아니, 우리는 봄을 기다릴 것도 없다. 오늘 다시 시작할 수 있다. 아니, 오늘을, 새날을 기다릴 것도 없다. 지금 당장 시작할 수 있다. 새롭게 살 수 있다. 그것을 아무도 막지 않는다.

나무의 말씀

2월 말의 어느 날이었다. 집을 나서니 바람이 불고 있었다. 나무들이 그 바람에 흔들리고 있었다. 그 모습이 아름답게 내 가슴에 다가왔다. 나는 그대로 받아 적었다.

나무는 바람이 부는 대로
흔들리는구나!
바람과 싸우지 않는구나!

바람의 이 메시지는 사실 그날만 내게 온 것이 아니었다. 돌아보면 다 세기 어려울 만큼 많았다. 곁지기와 무슨 일인가로 다투고 있던 날도 들었다. 정원의 나무였다.

어이, 그렇게 하지 말고 이렇게 해 봐.

정원의 나무는 바람이 부는 대로 흔들리며, 그 모습을 내게 보여 줬다. 어느 한때만이 아니었다. 나무는, 모든 나무는 바람이 불면 흔들린다. 아무리 거친 바람이 불어와도 맞서지 않는다. 어느 쪽에서 불어와도 저항하지 않는다. 바람은 때를 안 가리지만, 그래도 나무는 화를 내지 않는다. 싸우지 않는다. 그래서 줏대가 없는 줄 알았는데 그렇지 않았다.

바람이 불면
부는 대로 흔들려서
나무는 줏대 없는 놈인 줄 알았는데
바람이 그치면 돌아오는구나
돌아와 자기가 바라는 길을 걷는구나
비바람에도 지지 않고
눈보라에도 지지 않고
돌아와
그것도 바로 돌아와

자기가 바라는 길을 걷는구나

— 바람이 사는 법

흔들리는 것도 잘 보면 나무가 제자리로 돌아오기 때문이었다. 바람이 불면 부는 대로 몸을 숙이지만 바람의 힘이 약해지면 바로 돌아왔다. 흔들리는 것은 바람이 부는 대로 몸을 꾸부리기도 했지만 동시에 바로 돌아오기 때문이었다.

바람이 불면 나무는 그렇게 흔들린다. 끊임없이 흔들린다. 끝까지 맞서지 않는다. 부는 대로 흔들린다. 하지만 바람이 멈추면 나무는 자기 자리로 돌아온다. 돌아와서 자기의 길을 걷는다. 아니, 끊임없이 바람이 흔드는 속에서도 자신의 길을 잃지 않는다.

그것만이 아니었다. 나무는 바람을 즐겼다. 바람이 불어오면 그 바람을 타고 놀았다. 노래했다. 어느 날 나는 나무와 이런 대화를 나눴다.

나무야 나무야
너는 걷지 못해 갑갑하지 않니?

아니다
나도 걷는다

거짓말 마

거짓말 아니다
앞이나 뒤로 걷는 너와 달리
나는 위로 걷고 아래로 걷는다

그래 그건 그렇다 하고
나무야 나무야
너는 말을 못 해 답답하지 않니?

아니다
나는 말도 하고
노래도 한다

에이, 그건 거짓말이다

거짓말 아니다
나는 행동으로 말하고

바람과 함께 노래한다

바람과 함께?

바람이 불어와 나를 흔들면
나는 노래한다

나무에서 나는 소리를 우리는 바람 소리라고 하지만 사실은 둘이 함께 내는 소리라 해야 하지 않을까? 바람은 저 혼자서는 소리를 내지 못한다. 어딘가 부딪쳐야 한다. 악기가 있어야 한다. 나무에서 나는 바람 소리는 나무가 있어 나는 소리다. 바람과 나무 가운데 누구를 악기라고 해야 할까? 아니면 둘의 합창이라고 해야 할까?

나무는 노래한다. 바람의 힘을 빌려 노래한다. 게다가 나무는 재미없게 가만히 서서 노래만 하지 않는다. 노래할 때는 꼭 춤을 춘다. 춤을 추며 노래한다. 춤을 빼먹는 법이 없다.

어쩌다 가끔이 아니다. 나무는 자주 그렇게 춤을 추며 노래한다. 많은 시간을 춤을 추며 노래한다. 나무는 그렇게 즐겁게 산다. 그리고 그 모습으로 말씀한다. 그렇다. 설법이다.

어이, 얼굴 펴. 길어야 100년이야. 그러니 웃으며 살아.
노래하고 춤추며 살아.

애벌레 문명

2023년 2월 22일의 일이다. 멀리서 부부 손님이 왔다. 처음 뵙는 분들이었다. 아내는 일이 있어 집을 비워 나 혼자 맞았다.

밥 먹을 시간이 됐을 때 부부 손님은 가까운 식당에 가자, 밥값은 우리가 내겠다 했지만 그럴 수는 없는 일이었다. 고구마를 쪘다. 밥 대신이었다. 반찬은 김치 하나였다. 갑자기 오신 손님이라 어쩔 수 없었다. 오후 4시부터 8시 반까지였다. 특히 아내분이 여러 가지 이야기를 많이 들려주었다. 말을 맛있게 하시는 분이었다. 그분들이 사 온 맥주를 마시며 나는 들었다.

"바닷가 산골에 살아요. 귀농한 지 스무 해가 넘었어요. 한때 수재라는 소리 많이 들었어요. 내 일이 있었죠. 좋은 직장이었어요. 이 사람이 세 번째 남자예요. 부침이 많은 인생을 살았어요.

귀농한 뒤에는 책을 많이 읽었어요. 온종일 책만 읽었어요. 알고 싶은 게 많았거든요. 마음공부 하는 데도 시간을 많이 썼어요. 훤히 보일 때도 있었어요. 그땐 선생님 소리도 꽤 들었죠.

돌아보면 이 사람, 남편이 가장 큰 선생님이었어요. 말을 안 들었거든요. 나는 하고 싶은 게 있는데, 이 사람은 그걸 꼭 해야 하느냐며 움직여 주지를 않았어요. 지독하게 말을 들어주지 않았어요. 그걸로 오래 싸우다 내려놓게 됐어요. 이제는 편안해요. 곁에 있어 주는 것만으로도 고마워요.

이제는 책 안 읽어요. 더는 알고 싶은 게 없어요. 인류에 절망했다고나 할까요. 희망을 가질 수가 없어요. 최근에 80억 넘은 거 아시죠? 너무 많아요. 그걸 줄여야 돼요. 그것이 첫째예요. 3분의 1이라야 할까요, 3분의 2라야 할까요? 그런데 그게 불가능하잖아요? 아무리 둘러봐도 이렇게 하면 되겠다, 나아지겠다 하는 길이 안 보여요.

한때는 농사에 힘을 쏟았지만, 이제는 안 그래요. 우리 먹는 거 얼마 안 되잖아요? 거의 다 남아요. 많은 걸 썩혀 버려요. 그래도 밭에 나가 있는 시간이 가장 많아요. 그 시간이 가장 좋거든요."

80억을 넘어선 것은 2022년 2월 22일이었다.

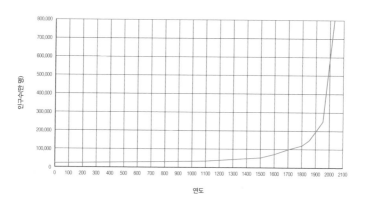

이 그래프를 보면 1950년 이후로 가파르게 위로 솟구쳐 오른다. 25억 명 정도였던 세계 인구가 1950년 무렵부터 빠르게 늘기 시작하여 73년 뒤인 2022년에 80억을 넘어섰다. 채 100년도 안 되는 기간에 세 배 가깝게 늘어난 것이다. 그전에는 달랐다. 아주 느리게 인구가 늘어났다.

그것을, 인구 증가율이 최근에 들어 지나치다는 것을 많은 사람이 아는 것 같다. 산청에서 오셨던 분도 그 가운데 한 사람이다.

오래전에 원주에서 오셨던, 젊어서는 중고등학교에서 교사로 일했다고 하는 한 손님은 한발 더 나아간 생각을 갖고 있었다.

"사람은 지구의 암이에요. 제 눈에는 그래요. 사람이 줄어들어야 돼요. 죽어야 한다면 저 먼저 죽을 수 있어요. 그 각오가 돼 있어요."

놀라웠다. 게다가 그분 혼자가 아니라고 했다.

"딸이 있는데, 그 애도 저와 같은 생각이에요. 지구를 구할 수 있다면 자기가 먼저 기꺼이 죽겠다고 말해요."

그 가족만큼은 아니더라도 적지 않은 사람들이 걱정과 우려가 섞인 눈길로 인류 문명을 바라보고 있는 것은 주지의 사실이다.

그래프 또한 우리에게 말한다.

너무 많다. 지구는 끝이 없는 별이 아니다. 무작정 늘어나서는 안 된다.

그 말을 우리는 듣지 못하고 있다. 인구가 폭발적으로 늘고 있는 나라도 있기 때문이다. 앞으로 계속 가파르게 늘어 2037년에는 90억 명으로 늘어나고, 33년 뒤인 2057년에는 100억 명을 넘어설 것이라는 예견도 있다.

*

봄나물을 뜯으러 갔다 돌아오는 길이었다. 문득 궁금했다. 그분이 조건 없이 소원 하나를 들어주겠다고 한다면 아내는 그분에게 무슨 부탁을 하고 싶을까?

"그건 지구가 다시 푸르러지는 거예요."

조용한 목소리였다.

"지구가 이대로라면 다른 것이 아무리 좋아도 우리는 잘 살 수 없어요. 우리도, 다음 세대도."

그 말이 틀리지 않았다. 그날따라 미세먼지가 최악이었다. 숨쉬기가 불편할 정도였다. 그런 날에는 절망스럽다. 미세먼지로부터는 피할 곳도 없다. 온 하늘을 뒤덮고 있기 때문이다. 집 안에서 지내면 조금 낫기는 하겠지만 어떻게 실내에서만 지내나! 그것도 시골에서, 또 자급 규모이기는 하지만 농사를 짓는 사람이라 사정은 더 나쁘다! 맑은 날조차 미세먼지가 심하면 흐린 날과 다를 게 없다. 지옥 같은 모습이다. 그런 공기를 마셔야 한다는 게 끔찍하다.

이런 미세먼지는 어디서 올까? 중국의 쿠부치사막과 고비 사막에서 특히 많이 오는 것으로 알려져 있다. 특히 쿠부치사막이 그런 것으로 알려져 있다. 그곳에서 일어난 황사는 하루 만에 한반도 하늘까지 날아온다고 한다. 이처럼 미세먼지는 사막과 사막화가 가장 큰 원인인데, 놀랍게도 지구에서 사막은 해마다 더 늘어나고 있다 한다.

그런 점에서 '그건 지구가 다시 푸르러지는 거다.'라는 아내의 소원은 지구의 소원이기도 하다. 봄나물을 뜯고 돌아올 때 그런 생각이 들었다. 지구에게 소원을 물으면 이렇게 대답할 거 같았다.

그건 내가 다시 푸르러지는 거다. 나는 아름다워지고 싶다. 이런 헐벗은 모습이 나는 싫다. 인간들이여, 부탁한다. 내 옷을 이제 그만 벗겨라. 나는 사막이 싫다.

하지만 지구의 꿈은 이루어지기 어려울 것이다. 인간 때문이다. 다음 엽서에 그 까닭이 나온다. 2021년 3월 31일에 쓴 엽서다.

며칠 전에 여러 사람이 권한 「대지에 입맞춤을」이라는 다큐멘터리 영화를 봤다. 예상대로였다. 서양판 무경운無耕耘, 곧 땅을 갈지 않는 농법에 관한 이야기였다.

가장 기억에 남는 장면은 지구의 대기가 변하는 모습을 찍은 영상이었다. 나사, 곧 미국항공우주국이 지구 바깥에서 지구를 찍은 영상이었다. 그 영상이 한눈에 보여 주고 있었다. 3월부터 5월까지였다. 그 기간에 지구의 하늘은 마치 불타는 것 같았다. 화염에 휩싸인 모습이었다. 말 그대로 불타는 지구였다. 그것이 6월이 되면 바뀌었다. 붉은색이 사라지고 그 자리를 파란색이 차지했다.

지구에 왜 이런 일이 벌어지는 걸까? 3월부터 5월까지는 경운, 곧 땅을 가는 시기다. 밭도 갈고, 논도 간다. 한편 6월은 경운이 끝나고 작물이 자라기 시작하는 달이다. 그 영상은 그렇게 지구의 하늘에 경운이 어떤 일을 벌이고 있는지를, 왜 땅을 갈아서는 안 되는지를, 왜 무경운 농사를 지어야 하는지를 한눈에 보여 줬다.

3월도 오늘로 마지막이다. 내일부터는 4월이다. 달은 바뀌지만 4월 또한 경운의 달이다. 4월 내내 온 지구의 농부들이 땅을, 지구를 갈아 댈 것이고, 그러면 많은 양의 탄소가 하늘로 방출되며 대기 중의 탄소 농도가 올라갈 것이다.

「대지에 입맞춤을」의 핵심 메시지는 우리의 농업이 경운을 멈춰야 한다는 것이다. 무경운으로 가야 한다는 내용이다. 경운을 기본으로 하는 현대 농업이 지구의 땅과 물과 하늘을 너무나 많이 더럽히고, 파괴하고 있기 때문이다. 경운, 다시 말해 땅을 갈면 침식이 일어난다. 비옥한 겉흙이 먼지로 변해 하늘로 날아오르고, 빗물을 따라 강으로 흘러든다. 하늘과 강은 더러워지고, 땅은 척박해진다. 탄소 농도는 올라간다. 그렇게 병들어 가다가 마침내는 생명이 살 수 없는 사막이 된다. 그것을 그 다큐멘터리는 영상으로 보여 줬다. 땅을 가는 경운 시기에는 화염에 휩싸여 있던 지구가 작물이 자라기 시작하자 푸른색으로, 초록색 별로 바뀌었다.

하지만 인류는 「대지에 입맞춤을」의 권유를 따르기 어려울 것이다. 그 이유는 땅을 갈지 않는다는 걸 이제는 상상조차 할 수 없을 만큼 인류는 경운에 길들어져 있기 때문이다.

개로부터 배워야 할 것들

이제 아무도 손글씨 편지를 쓰지 않는다. 손글씨 편지는 그렇게 어느 때부터인가 우리들의 곁에서 사라졌다.

나조차 올해는 한 통도 손글씨 연하장을 쓰지 않았다. 오지도 않고 보내지도 않는다. 그렇게 세상이 변했는데, 설에 손글씨 연하장이 한 장 왔다. 인천에 사는 지인이었다.

귀해 반가웠던 그 연하장은 이런 놀라운 선언으로 시작됐다.

"새해엔 개처럼 살기로 했습니다."

아니, 소라면 또 몰라도 개라니! 이게 무슨 소리람? 나는 놀란 가슴을 누르며 다음 글을 읽었다.

"그동안 사람처럼 살려고 아등바등했지만 재미를 못 봤어요. 그래서 올해는 다르게 살아 보려 합니다."

그 까닭이 다음 글에 나왔다.

"개는 밥을 먹을 때 어제의 일을 생각하지 않고, 잠을 자면서 내일을 미리 걱정하지 않습니다. 저는 개를 보며 카르페디엠을 배웁니다."

카르페디엠? 처음 듣는 말은 아니었지만 뜻이 아리송했다. 지금 여기를 살라는 뜻이었던가? 사전을 찾아보았다.

고대 로마 공화정 말기의 시인인 호라티우스의 시에서 따온 말이라 했다. 직역하면 '오늘을 잡아라.'인데,「죽은 시인의 사회」라는 영화에서 영어 교사인 키팅이 학생들에게 이 말을 하며 유명해졌다고 했다.

키팅은 공부에 찌든 학생들이 안쓰러워 그들을 향해 이렇게 외친다.

"카르페디엠. 오늘을 살아라. 너희들만의 인생을 살아라."

그의 연하장에 따르면, 개가 그렇게 산다는 거였는데, 맞는 말이다. 개를 눈여겨본 사람은 안다. 개는 늘 오늘을 사는 것 같다. 어떻게 아나? 편안하기 때문이다. 개는 어떻게 그럴 수 있을까 싶을 만큼 편안하다.

그 비결은 무엇일까? 연하장에 따르면 다음 두 가지다. 내일 일을 미리 걱정하지 않는 것과 어제로부터 자유롭기 때문이다. 지금 이 순간을 살기 때문이다.

줄에 묶인 개조차 그렇다. 그 상황에서도 개는 평화롭다. 한가하다. 어느 한 개만이 아니다. 내가 본 거의 모든 개가 그랬던 것 같다.

인천에 사는 그가 개처럼 살려면 어떻게 해야 할까? 그도 알고 있는 두 가지, 곧 내일 일을 걱정하지 않는 것과 어제로부터 자유로운 것, 그 위에 다음과 같은 한 가지가 더 필요하지 않을까?

그것은 어린아이처럼 단순해지는 거다. 개는 어린아이처럼 아프지 않고, 먹을 것이 있으면 행복하다. 그 두 가지만 있으면 된다. 이웃 개가 뭘 먹든, 어떤 집에 살든 상관하지 않는다. 절대 비교하지 않는다. 아니, 비교 자체를 모른다.

그는 그 연하장을 이런 말로 끝맺고 있었다.

"바람이 있다면 개처럼 무한하게 사랑하고 있는 그대로 사랑받는 것입니다."

그럴지도 모른다. 왜 그런가? 개의 사랑은 크고 진실하기 때문이다. 개는 주인이 골목길로 접어들면 벌써 알고 짖기 시작한다. 일이 있어 자정을 넘긴 날에도 그렇다. 아내와 자식들은 잠이 들어 모르는데 개는 엘리베이터에서 내려서면 벌써 알고 짖는다. 반가워 경중경중 뛰며 현관문이 열리기를 기다린다. 그런 사랑을, 그의(혹은 그녀의) 발자국 소리만 들어도 좋아 뛰지 않고 못 배기는 그런 사랑을 둘레의 사람과 할 수 있다면, 그보다 좋은 일이 어디 있으랴!

그 좋은 예가 있다.

*

2월 26일. 수요일이었다. 아침 여섯 시에 집을 나섰다. 어두웠다. 휴대폰에 내장돼 있는 랜턴의 힘을 빌리지 않을 수 없었다. 라이트를 켜고 출발했다.

코로나19로 나라 전체가 발칵 뒤집히고 있을 때였다. 코로나19 확진자가 1000명을 넘어섰고, 사망자도 자꾸 늘어났다. 나다닐 때가 아니었다. 그런데 어떻게 나는 여행을 떠날 수 있었을까? 까닭은 두 가지였다.

내가 사는 홍천에는 코로나 확진자가 없었다. 있었다면 갈수 없었다. 가는 곳인 보은에도 없었다. 게다가 그는 도시가 아닌 깊은 산골 마을에 살고 있었다. 그렇다면 갈 수 있었다.

그것이 첫 번째 이유였다.

다른 하나는 은혜를 갚아야 했기 때문이다. 우리 집을 지을 때 우리는 그의 힘을 많이 빌렸다. 그는 석 달쯤, 아니 그보다 더 많은 날을 품삯을 받지 않고 우리를 도와주었다. 다만 일을 해 주는 데 그치지 않았다. 그는 '2차 집짓기 학교'의 선생님이었다. 그런 그의 도움이 없었다면 우리는 집을 지을 수 없었으리라.

그는 그 산골 마을에 600평쯤 되는 밭을 샀고, 거기에 비닐하우스를 지었다. 그 일은 나도 가서 도왔다. 그는 그 안에 샌드위치 판넬로 두 평쯤 되는 임시 거처를 지었고, 거기서 겨울을 났다.

봄에는 진짜 집, 오래오래 살 집을 지어야 했다. 그 준비 작업을 그는 하고 있었고, 나는 그 일을 도우러 갔다.

곁에는 작은 개울물이 있어 좋았다. 일하는 내내 그 개울물이 부르는 노래를 들을 수 있었기 때문이다. 바로 아래에 있는 논에서는 개구리들이 울었다. 여러 마리가 울어 댔다. 날도 좋았다. 반소매 티셔츠 차림으로도 땀이 났다. 일하기 좋은 날이었다. 콧노래가 절로 났다.

그 집에는 개가 있었다. 두 마리였다. 한 마리는 골든리트리

버였고, 다른 한 마리는 진돗개라 했다. 골든리트리버는 여름에 왔다고 여름이고, 진돗개는 겨울에 왔다고 겨울이라 했다.

한 마리씩 데리고 산책도 했다. 하루 한 차례 이상 그래야 한다고 했다.

"안 그러면 못 배겨요. 짖어 대서 견딜 수가 없어요."

개는 주인을 좋아했다. 주인이 쓰다듬어 주면 좋아서 어쩔 줄을 몰랐다. 개는 네다섯 살 어린아이 같았다. 그냥 즐거웠다. 아무 걱정이 없었다. 살아 있다는 것 그 자체로 좋은가 보았다. 신이 나서 뛰어다녔다. 그 모습을 보며 드는 생각이 있었다.

"오, 사람보다 개가 더 잘 사는구나!"

내가 아는 한 사람은 아무도 그렇게 못 산다. 보통 사람만이 아니다. 현인도 그렇다. 성인도 그렇다. 서너, 혹은 대여섯 살 아이들만이 그렇게 사는데, 그 아이들도 저 개들만큼은 즐겁게 살지 못하지 않을까? 그렇게 보였다.

개의 전략은 무엇일까? 내가 보기에는 일인자가 되려고 하지 않는 것이다. 일등은 사람에게 내어 준다. 지구에서 가장 힘이 센 동물인 사람에게 일등을 내어 준다. 그 자리를 부러워하지 않는다. 그 아래에서 산다. 그 대신 밥은 그가 벌게 한다.

일등인 사람이 밥을 지어 바치도록 한다. 나는 그를 사랑할 뿐이다. 그러며 걱정 없이 천진하게 사는데, 그것 또한 인간에게 주는 개의 선물이다. 인간은 개를 보며 위로를 받기 때문이다.

개를 키우자면 사료를 사야 한다. 넉넉한 살림이라면 그 비용이 대수롭지 않을지도 모른다. 그는 내가 아는 한 여유가 없다. 서른 전후로 힘들고 위험한 일을 하며 큰돈을 벌었지만, 작년에 그 돈을 잃었다. 누군가에게 빌려줬는데, 못 받게 됐다. 집 지을 돈이었다. 그 돈으로 그는 흙 포대 집earth-bag house을 지을 생각이었다. 그렇게 돈을 날리고 그는 지금 한 식품 가공 공장에 다닌다. 그는 솜씨가 좋다. 그 솜씨로 개집을 아주 잘 지었다. 크고 멋지다. 그런데 자신의 집은 그만 훨씬 못하다. 작다. 허술하고, 춥다. 여름에는 더우리라. 집만이 아니다.

"맞아요. 저보다 개에게 돈이 더 많이 드는 달도 있어요."

물론 개를 본 것은 그날이 처음이 아니다. 처음이 아니지만, 개가 그렇게 즐겁게 산다는 것은 그날 처음 알았다. 선지식은 다 이렇게 말한다.

살아 있음에 감사하고, 기뻐하라.

개가 그렇게 살고 있었다. 어떻게 그보다 더 기쁘게 살 수 있으랴! 그런 생각이 들 만큼 여름이와 겨울이는 행복해했다. 무엇을?

뛰어다닐 수 있다는 게 즐거운가 보았다. 그것만으로도 한없이 즐거운가 보았다. 그렇다고 묶여 있다고 불행스럽게 여기지도 않았다. 그때도 겨울이와 여름이는 태평성대를 누렸다.

코로나19의 가르침

코로나19로 모두가 고통을 받고 있다. 3월 12일에는 WHO
(세계보건기구)가 팬데믹을 선언했다. 팬데믹? 무슨 말인가? 코
로나19라는 돌림병이 몇 개의 나라 정도가 아니라 지구 전체
로 퍼져 나가고 있다는 걸 이르는 말이다. 그것은 달리 말하면
세계 대전에 접어들었다는 뜻이라고도 할 수 있다. 전쟁만큼
은 아니겠지만, 살기가 너무 어렵다. 박쥐로부터 비롯된 것으
로 알려진 코로나19, 우리는 이 신종 바이러스의 대확산에 어
떻게 대처해 나가야 할까? 자연농 농부인 나는 자연농의 눈으
로 그 이야기를 해 보고 싶다.

잘 아시다시피 세상 사람들은 모두 벌레와 싸운다. 해충이

있다고 여긴다. 하지만 자연농에서는 해충이 없다.

왜 그런가? 먹이사슬이 있기 때문이다. 무엇이든 천적이 있는 것이다. 그것이 고리처럼 이어져 있다. 그림으로 그리면 동그라미가 된다. 이 동그라미가 자연 안에 있다. 눈에는 보이지 않지만, 그 동그라미가 있어 뱀이나 쥐로 온 세상이 가득 차지 않는다. 어느 한 종류의 벌레로 뒤덮이지 않는다. 전염병이 창궐하지 않고, 행여 그런 일이 있더라도 곧 가라앉는다. 그 원은 그것이 무엇이든 어느 하나가 지나치게 많아지는 것을 가만히 두고 보지 않기 때문이다. 동그라미는 균형과 조화를 향해 움직인다.

생태계라고도 하는 이 원에서 보면 해충도 없고 익충도 없다. 둘을 나눌 수 없다. 해충이 있어 익충이 있을 수 있다. 해충이 있다 여기고 죽이면 동그라미에 흠이 난다. 그럴 때 해충이 창궐한다. 그것이 자연의 본디 모습이다.

자연농에서는 이런 이유로 농약 대신에 이 숨은 원(먹이사슬, 생태계)을 튼튼하게 만드는 데 힘을 쏟는다. 농약 대신 숨은 원이, 이 히든 사이클hidden cycle이 병충해 문제를 해결하도록 하는 것이다.

그 길에는 세 가지가 있다. 그중 하나는 땅을 갈지 않는 것이다. 왜 그럴까? 땅을 갈면 땅에 사는 수많은 소동물과 미생물이 죽으며, 먹이사슬이 망가지기 때문이다.

다음은 무투입이다. 화학비료는 물론 퇴비도 쓰지 않는다. 그런 걸 쓰면 벌레도 따라서 많아진다. 병도 쉽게 걸린다. 과식이 만병의 원인인 것과 같다. 자연농에서는 그 대신 갈지 않고, 무엇이든 모두 그것이 난 자리로, 논에서 난 것은 논으로, 밭에서 난 것은 밭으로 돌려준다. 자연농의 논밭에는 그래서 벌거숭이 땅이 없다. 모든 곳이 식물(작물과 풀)의 짚과 그것이 썩어서 된 부엽토로 덮여 있다. 논과 밭은 그 속에서 해마다 비옥해진다.

다음은 김매기다. 거의 모든 농부, 혹은 사람들은 풀을 원수로 보는데, 자연농에서는 그렇지 않다. 원수는커녕 고맙게 여긴다. 왜 그런가? 풀은 하늘이 주는 천연 거름인 동시에 먹이사슬을 튼튼하게 만들어 주는 역할을 하기 때문이다. 벌레마다 좋아하는 풀이 다르다. 풀이 많으면 그만큼 벌레도 많아지고 다양해지며, 그에 따라 먹이사슬도 더 튼튼해진다. 생태계가 건강해지는 것이다.

이런 이유에서 자연농에서는 풀을 뽑지 않고 베어서 그 자리에 펴 놓는다. 베되 한꺼번에 베지 않고 한 줄씩 건너뛰어

벤다. 안 벤 줄은 벤 줄의 풀이 벌레들이 살 만큼 자랐을 때 벤다. 왜 그렇게 하나? 그곳의 원래 주인인 벌레와 미생물과 소동물 등을 위해서다. 그들과 공생, 곧 함께 살기 위한 배려다.

이 세 가지 위에서 자연농의 논밭에서는 농약을 쓰지 않을 수 있는 거다. 자연농의 논밭에서는 해충조차 마음 편히 살다 죽는다. 산이 그런 것처럼 평화롭다. 싸움이 없다.

코로나19만이 아니다. 2013년부터는 해마다 오는 조류 인플루엔자로 힘들었다. 2012년에는 메르스로, 2002년에서 2003년까지는 사스로 고통을 받았다.

이 모든 것이 자연의 경고다. 인류 문명과 현대 농업은 이제까지 사람만을 생각했다. 나머지 생명체는, 그것이 식물이든 동물이든 미생물이든, 어찌 돼도 좋다 여겼다. 멸종이 돼도 좋다 생각했다. 공기와 물과 땅의 오염 또한 내가 알 바 아니었다. 그 속에서 생태계의 조화와 안정은 깨질 수밖에 없었다. 다시 말해 지구는 건강을 잃을 수밖에 없었다.

그 증거가 코로나19다. 사스에서 메르스, 조류 인플루엔자로 이어지고 있는 바이러스 전염병이다. 그러므로 사람만 생각해서는 안 된다. 해충이 있는 줄 아는 정도, 박쥐가 원인이라고 아는 정도의 눈으로는 이 전쟁에서 벗어날 수 없다. 진짜 원인은 지구가 인간만을 위한 별이 아니라는 걸 인류가 모르는 데 있기 때문이다.

*

> 코로나19님
> 미안합니다
> 정말 고맙습니다
> 부디 용서해 주십시오
> 당신을 사랑합니다
>
> — 연기緣起를 본 자의 기도

4월 말쯤 내게 온 시다. 코로나19가 전 세계를 점령하고 있었을 때다. 확진자 수가 100만 명을 넘어섰고, 사망자도 3만 명 선을 넘어섰다고 했다.

하지만 우리는 코로나19에 미안해야 한다. 왜 그런가?

코로나19만이 아니다. 앞서 메르스와 사스가 왔다. 둘 다 코로나바이러스라고 한다. 과학자들의 말에 따르면 코로나바이러스는 박쥐를 비롯하여 낙타나 새와 같은 동물을 통해 전파

됐다고 한다.

새, 낙타, 박쥐 등은 새로 생긴 동물이 아니다. 오래 우리와 함께 지구에서 살아온 동물이다. 그것이 왜 이제 와서 문제가 되는 것일까? 전염병 연구자들은 그 원인을 인류 문명에서 찾는다.

인류는 끊임없이 숲을 파괴해 왔다. 거주지와 농경지 및 가축 사육을 위한 목초지를 얻기 위해 오늘도 숲을 없애고 있다. 숲은 인간을 뺀 나머지 동물의 집이기도 하다. 숲이 적어지면 숲 안에서 살던 동물이 숲 바깥을 넘보지 않을 수 없다. 시베리아 호랑이도 그런 운명 속에서 고통받고 있다고 한다. 낙타와 새와 박쥐도 다르지 않다. 코로나바이러스의 반란은 그러므로 이렇게 궁지에 몰린 동물들의 궁핍한 처지에서 어쩔 수 없이 만들어진 일이라고 봐야 한다. 미안한 일이 아닐 수 없다.

코로나19에 고마운 것은 왜인가?

곁지기는 팬데믹 이후에 자주 이런 말을 했다.

"하늘이 훨씬 맑아졌어요!"

정말 그랬다. 어느 해보다 하늘이 맑았다. 공기의 질이 나아졌다. 숨쉬기 편했다. 고마운 일이었다.

우리 마을만의 일이 아닌가 보았다. 언론에서는 그것을 사진으로 찍어 보도하기도 했다. 한국은 물론 중국의 상공까지 맑아진 사진이었다. 하늘만이 아니었다. 아프리카 오지의 나라 차드의 한 시인인 무스타파 달렙은 이렇게 말했다. 인터넷에는 무스타파의 여러 버전의 글이 있는데, 그 가운데 하나는 다음과 같다.

"우리가 못 했던 일을 이 작은 미생물이 하고 있다. 매연과 공기 오염이 줄어 우리는 놀라고 있다. 시위대와 조합이 못 하던 유류 가격 낮추기, 사회보장 제도 강화 등도 이루어지고 있다. 시리아, 리비아, 예멘에서는 휴전이 이루어지고, 전투가 중지됐다. 화성에 가서 살고, 복제 인간을 만들며 영원히 살기를 바라던 우리 인류에게 한계를 깨닫게 해 주었다. 하늘의 힘에 맞서려 했던 인간의 지식 또한 덧없음을 깨닫게 해 주었다."

고마운 일이다. 거기까지는 동의할 수 있지만 왜 우리는 코로나19에게 용서까지 빌어야 하나?

왜 미안한지에서 밝힌 것과 같다. 우리는 우리만, 인류만 생각하며 살고 있다. 저쪽의 고통은 우리에게 보이지 않는다. 그 결과가 인류에 의한 동물의 서식지 파괴다. 서식지, 곧 숲이 줄어들면 먹잇감을 구하기 어렵다. 인류 때문에 나머지 동물은 큰 고통을 받으며 살고 있다. 우리는 숲에 사는 모든 동물에게 용서를 빌어야 한다.

그것까지는 이해가 가지만 어떻게 사랑할 수 있나? 벌써 3만 명이나 죽인 적이 아닌가? 하지만 미워해서 풀어질 일이 아닌 것도 사실이다. 앞서 온 사스나 메르스도 코로나바이러스다. 이어지고 있는 것이다. 그것은 다시 올 수 있다는 뜻이기도 하다.

'연기緣起를 본 자의 기도'라고 했는데, 연기란 무엇인가? 모든 것은 이어져 있다는 거다. '상의상관相依相關'이라고도 한다. 서로 의존돼 있고, 관련돼 있다는 거다. 풀어서 '이것이 있으므로 저것이 있고, 저것이 있으므로 이것도 있다. 이것이 사라지면 저것도 사라지고, 저것이 사라지면 이것도 사라진다.'라고 하기도 한다.

우리는 지구라는 한배를 타고 있다. 함께 잘 사는 길을 찾아야 한다. 서로 사랑하며, 존중하며, 배려하며 사는 길을 찾아야 한다. 지구는 결코 인간만을 위한 별이 아니고, 또 인간만이 살아갈 수 있는 곳도 아니다. 인류가 살아가려면 바이러스도 있어야 한다. 자주 하는 말이지만 예수만이 독생자가 아니다. 모든 생물이 하나님의 독생자다. 하나님은 인류만을 사랑하지 않는다. 미생물도 사랑한다. 인류만이 아니라 미생물도 그의 아픈 손가락 가운데 하나이기 때문이다. 우리가 인간중심주의에 갇혀 그 제법실상諸法實相, 곧 뚜렷하고 뚜렷한 사실을 못 보고 있을 뿐이다.

코로나19 사태가 3년째 이어지던 2022년 5월 23일의 일이다. 그날 나는 코로나19가 하늘대왕에게 하는 말을 들었다.

하늘대왕님, 나 이제 그만둘래요. 사람에게는 못 당하겠어요. 5억 명 넘게 감염시키고, 600만 명 이상이나 죽였는데도 사람 이놈들은, 이 새끼들은 꿈쩍 안 하고 성장, 성장만을 바라고 있어요. 멈출 줄 몰라요. 나눌 생각은 안 하고 서로 더 벌 생각만 해요. 인구가 80억을 넘어섰는데도 이놈의 새끼들은 줄여야 한다는 걸 몰라요. 이 별이 한계가 있다는 걸 모르나 봐요. 이 새끼들은 이 지구가 자기들만의 별인 줄 알아요. 그런 꼴통이 없어요. 내 힘으로는 안 되겠어요. 나는 물러날래요. 더 힘센 자매나 형제로 바꿔 주세요.

시로 온 만물의 케리그마

가만히 보고 있으면

매미가 운다
다만 울 뿐이지만
보고 있으면
가만히 보고 있으면
가르침이 끝이 없다

물론 그것은
꽃도 같다

다만 꽃 피었을 뿐이지만
듣고 있으면
가만히 듣고 있으면
가르침이 끝이 없다

나머지 것도 같다
그것이 무엇이나
보고 있으면
가만히 보고 있으면
가르침이 끝이 없다

어제 내린 눈이

어제 내린 눈이
오늘 녹으며
행동으로 보이시네!
모든 게 변한다고

그러니 떠나는 것이나 오는 것에
애 끓이지 말고 편안하라고
고통이나 지옥조차
긴 인생살이에서 보면 겨울 같은 것이니
살 만하다고
또 얼마 뒤엔 봄 온다고
그러니 웃으라고
희망을 가지라고
노래하라고
어제 내린 눈이
오늘 녹으며
이르시네!
말이 아닌 행동으로

위대한 의사를 심다

위대한 의사인
나무를 심었습니다
병든 지구!
나무만이 고칠 수 있습니다

한울님의 부탁

저는 이름이 많아요
어떤 사람은 한울님
어떤 사람은 하느님
어떤 사람은 하나님
어떤 사람은 알라
어떤 사람은 그레이트 스피릿이라고 부르며
못 하는 일이 없는 줄 알지만
제게는 사실 힘이 없어요

예를 들면
당신 안에 제가 있는 것 아시지요?
당신의 마음에 따라 제가
커지기도 하고 작아지기도 하고
아예 없어지기도 하는 것도 아시지요?
당신이 누군가에게 조금만 화를 내도
저는 한없이 움츠러들고,
당신이 어떤 것에 조금만 욕심을 부려도

저는 이 세상에서 사라집니다

당신의 한 생각, 한 행동에 따라

저는 작아지기도 하고 커지기도 합니다

제가 큰 힘을 가지고 있는 것은 맞지만

이렇게 당신의 도움이 없이는

어떤 힘도 펼 수가 없어요

당신이 도와주지 않으시면

저는 아무 일도 할 수 없어요

오랫동안 숲에 살며 안 것

내가 오랫동안 숲에 살며 안 것은
아주 없어지는 것은 아무것도 없다는 것
죽는 것이 아주 없어지는 것을 뜻하는 것이라면
그런 것은 없다는 것
사실은 바뀌어 갈 뿐이라는 것
나니 죽니 하지만
그것은 큰 변화의 한 모습만을 이룰 뿐이라는 것
그 어느 것도 죽을 수 없다는 것
큰 한 생명이 기쁘게 춤을 추고 있다는 것

창고 곁의 철쭉나무가 이르네

창고 곁의 철쭉나무가
창고 안으로 바삐 들어가는 나를 불러 세워
빛보다 빠른 속도로
하나라도 진실하게 만나라고,
깨어서 보라고,
마음을 다해 대하라고
일러 준다

어느새 새순이 손가락 한 마디만큼 자란
창고 곁의 철쭉나무가!

뱀이 이르네

뱀의 권위는
그가 가진 독이빨과 함께
눈에 잘 안 띄는
그의 낮은 자세에서 온다는 걸
오늘 늦밤을 줍다
가까이 있는 살모사에
기겁을 하며 알았습니다

뱀은
잘 안 보여서,
땅을 기어서,
더 무섭습니다

사람도 그렇습니다
자신을 낮은 자리에 두는 이가
바다와 같은 권위를 얻습니다
바다와 같은 깊이와 향기가
그에게서 느껴지기 때문입니다

지는 꽃을 보러 가자

다섯,
혹은 열 번에 한 번쯤이라도
꽃이 아니라
꽃잎이 지는 것을 보러 가자

뽐내지 마라
교만하지 말라
죽는 날이 있다는 걸 알라고
떨어지는 꽃잎이 그대에게 말하리라

내려갈 때가 있다고
떨어질 때가 있다고
잃을 때가 있다고
꽃잎은 지며 그대에게 말하리라

있을 때 잘하라고,
건강할 때 조심하라고,

잃기 전에 베풀라고,
땅에 떨어진 꽃잎이 그대에게 말하리라

사는 재미가 없을 때는
피는 꽃이 아니라
지는 꽃을 보러 가자

죽음이 언제 그대를 데려갈지 모르니
즐겁게 살고
감사하며 살라고
지는 꽃잎이 그대에게 말하리라

어머니와 가을경을 읽다

익은 곡식은 바로 거두어들이는 게 좋다 밭에 두면 준다 새도 먹고 벌레도 먹고 바람도 먹고 비도 먹어 줄면 줄지 절대로 늘지 않는다

어머니, 그런데 그거 말고 또 있어요 고라니와 노루는 밟아서, 해는 꼬투리를 벌려 떨어뜨려서 줄여요 철새는 떠나고 오지 않아서, 밤은 길어져서 줄여요

얘야, 잠깐! 앞말은 알겠는데 뒷말은 도통 무슨 소린지 모르겠구나?

밤 길어지고 철새 떠나는 것 보고 곡식들이 겨울 오는 걸 아는 거죠 알고 집에 가길 서두르는 거죠 모든 열매들의 집은 땅이잖아요? 집에 가려고 열매들이 부지런히 떨어지는 거죠 아마 그렇게도 많이 줄어들걸요

얘야, 듣고 보니 네 말이 그럴듯하구나!

물을 따라 걸으며 안 것들

논에 모를 마저 다 심고
이른 점심을 먹고
집 앞을 흐르는 시냇물을 따라
홀로 걷는다

물과 가장 가까운 길을 걸을 것
어디서나 물에 주목할 것
일하는 사람을 만나면 고개 숙여 인사를 하고 갈 것
서둘지 말 것

이 네 가지 원칙 아래
서해 바다를 목표로
강에서 가장 가까운 길을 홀로 걸으며
내가 안 것은
물은 하천으로만 흐르지 않는다는 것
들을 만나면 들로도 흐른다는 것
수로를 따라 들로 접어들어

옥수수, 사과, 토마토, 고구마, 벼 속을,

그리고 소, 사람 속을 흘러

들이 끝나면 다시 하천을 만나

한 줄기가 되어 흐른다는 것

그렇게 사람을 살리며 흐른다는 것

하지만 많은 사람이 그 은혜를 모르며 살고 있다는 것

가정집도

공장도

축산 농가도

종교 시설도

학교도

군부대도

음식점도

관공서도

하천을 쓰레기장처럼 여기고 있다는 것

엉덩이를 하천으로 두고

온갖 더러운 것들을 강에 버리고 있다는 것

물은 그 모든 것을 받아 안고
그래서는 안 된다는
단 한 마디 말도 없이
바보처럼
혹은 성자처럼 흐르고 있다는 것

신의 심판은 이어지고 있다

구약의 시각으로 보면
3년째 이어지고 있는 코로나19도
노아의 홍수나
소돔과 고모라에 내린 불의 심판처럼
신의 심판이다
2100만 명을 죽음으로 몰아넣은 인플루엔자나
유럽 인구의 4분의 1을 죽게 한 흑사병은 물론
결핵
천연두
콜레라
에이즈 등이
모두 신의 심판이다
노아의 홍수만이,
소돔과 고모라에 내린 불의 심판만이
신의 심판인 것은 아니다
코로나19도 신의 심판이다

눈의 법어

눈이 내린다.
'괜찮다'며
함박눈이 내린다
괜찮다
괜찮다
괜찮다
괜찮다
        .
        .
        .

끝없는 것

세상이나 친구나 애인,
혹은 배우자에게 버림을 받은 자의 친구는
술이다
술이 버린 자를 받아 안는 이는
어머니다
어머니가 버거워하는 날
그래서 어디 한 군데 기댈 곳이 없는 우리에게
어깨를 빌려주는 이는
아침 햇살이고,
나무이고,
새이고,
바다이고,
한 마리 나비이고,
한 송이 들꽃이다
그들은
우리가 아무리 누더기가 되어 와도

반겨 맞는다

품을 내어 준다

그 모습 언제나 변함이 없다

버드나무 홀씨의 가르침

작고 작은
눈에도 안 띌 만큼 작은
버드나무 홀씨가
중력에서조차 자유롭게
위로 아래로 아래로 위로
이리저리 날며 이른다

마음을 비우면
마음을 비워 작은 사람이 되면
작디작은 사람이 되면
걸릴 게 없다고
날 수 있다고
자유롭게 된다고

하수도에 사는 무위진인

하수도 보고

코 막지 말라

눈 돌리지 말라

거기에

그대 코딱지

눈곱 때 똥오줌 비듬 안고 메고

바다로 가는

무위진인 계시니

고개 숙여라

엎드려 절하지는 못할지언정

코 막지 말라

눈 돌리지 말라

착한 나의 집

아침이 온다
어제의 나를 묻지 않고
아침이 온다

비가 온다
어느 집 논밭 구분 없이
비가 온다

봄이 온다
동시에 온다
온 세상에 온다

새해가 온다
심판하지 않는다
조건이 없다

삶의 우화

똑똑
누구세요?
행복입니다
어서 오세요
동행이 있는데 괜찮겠어요?
그럼요
따라 들어온 이는 불행이었다

똑똑
누구세요
불행입니다
반기지 않는 날 밀치며 불행이 들어왔다
데리고 온 이까지 있었다
불행이 말했다
얘는 행복이랍니다

길을 걷다가

길을 걷다가 문득 놀랍니다
다 다르구나!
눈과 귀는 각각 둘
코와 입은 각각 하나
그 조합을 모두 지키면서도 모두 달랐습니다
같은 이는 하나도 없었습니다

생각납니다. 아버지가 돼지를 키웠던
고등학교 동창 을식이
을식이는 한배에서 난 여덟 마리 새끼 돼지에
친구들의 이름을 붙여 불렀습니다
'다 달라. 널 닮은 새끼 돼지도 있어'

하늘을 향해 물었습니다
왜인가요,
왜 다 다르게 만드셨나요?
하늘은 말이 없고

길가의 풀이 대신 대답했어요
'당신만의 꽃을 피우세요'

저쪽 잘못이 아니다

비가 내립니다.
행복하지 않다면
그건 저쪽 잘못이 아니다,
깨닫습니다.

새가 지저귑니다.
행복하지 않다면
그건 저쪽 잘못이 아니다,
깨닫습니다.

우리들의 논에
미꾸라지와 개똥벌레와 우렁이와 메뚜기가 사라졌습니다.
이것 또한 저쪽 잘못이 아니다,
깨닫습니다.

풀을 베다가 절했네!

풀을 베다가
문득 놀랍니다

그렇구나!
풀은 땅에 뿌리를 박고 있어야만 하는구나!
그래야 사는구나!
잘리면 죽는구나!

아니,
나 또한 다르지 않구나!
먹어야만 사니
풀과 다르지 않구나!
나도 풀처럼
땅에 뿌리를 박고 있어야 사는구나!

녹두와 팥을 따다가

녹두와 팥을 따다가
멍석을 펴고 너니
그대로 그림이다
꽃 같다

해
달
별
바람
번개
물
벌레
땅
.
.
.

그리고 나

이렇게 여럿이 그린 그림이다
이 중에서
내가 한 일이
가장 적다

가을 속에서

가을입니다
그 속을 걷다가 보았습니다
벌써 진 낙엽이나
아직 지지 않은 단풍이나
벌레 안 먹은,
구멍 안 난,
상처 없는 잎이 없었습니다
밤나무는 한 그루에
수천수만 장의 잎이 달리는데
그중에 한 잎도 성한 잎이 없었습니다
밤나무만이 아니고,
참나무도
물푸레나무도
산벚나무도 그랬습니다
사람만 힘든 게 아니었습니다
그런 가을의 나뭇잎을 보며
지나간 봄과 여름의

나를

그리고 그 사람을 용서하기로 했습니다

잊기로 했습니다

당신 같은 사람이 되고 싶어요

일찍 자고
일찍 일어납니다
9월 20일 새벽 세 시
집을 나와 보니
하현달이 곱습니다.

보름달은 커서 홀로 빛나지만
하현달은
당신도 잘 아시듯이
저 혼자가 아니고
별들과 함께 빛납니다
그렇게 처신합니다

그럴 수 있다면
당신 같은
작은 사람이 되고 싶다고
하현달을 향해 저는
두 손을 모았습니다

물의 가르침

내려가라.
아래로 내려가라.
끝없이 낮은 데로 내려가라.
마음 편히
아무 걱정 말고
밑바닥으로 내려가라
올라가는 것은
하늘이 다 알아서 해 주신다
그러므로 그대는
오늘도 내일도
아침부터 저녁까지
내려가기만 하라
두려워하지 말고
내려가라

한줄시

꽃다지꽃이 볼 때마다 이르네
어이, 얼굴 펴

사랑한다고 바로 말할 걸,
벌써 벚꽃이 지네

계산하지 말라고,
손해 보라고 찬바람이 일렀다

산에 산에는
꽃도 피지만 뱀도 있어요

부처님 오신 날에도
까마귀 우네

이 절은
향기 아끼지 않는 불당화 옆에
감시 카메라를 세웠구나!

저 작은 새들
굶지 않으면 그것으로 족하다 하네

모기들이
세상을 만드신 한울님의 뜻을 묵상하게 만드네

오늘 보니
나무야말로 진짜 여행자!
한곳을 오래오래 보는

사람이 죽었는데
무궁화 꽃이 곱게 피었습니다

여름을 주름잡는 저 매미,
7년간이나 땅속을 기었다지!

크게 보면
뙤약볕도 사랑, 비바람도 사랑이어라!

하늘은 공평하구나!
보라, 천장에 붙어 잠을 자는 저 파리를!

나무는 꽃 피길 그치지 않고
사람은 싸우길 멈추지 않는구나!

밤을 다 줍고 나서야 보이는구나!
여기저기 하얗게 핀 구절초 꽃!

오늘의 법어
개장수의 온 힘을 다한 '개 팔아요'

비행기가 일러 주네
'여기서 보니 너희 사는 게 개미 같지?'

하늘이 눈을 보내 막는다!
춥다 불평하는 내 입

밥상이 말하네
셀 수 없는 은혜 덕에 네가 산다고

착한 게 답인가 보다
인류보다 더 오래 산 저 나무들을 보면

잠들며 아네
죽음도 생명의 신비인 것을!

비는 큰 빗자루다!
땅도 쓸고
하늘도 씻는

바다 이르네
낮추면 풀린다고

누가 겨울을 차다 했나?
벌레, 동물, 씨앗 다
품고 안고 재우는 겨울을 보고

햇살이 쏟아져 들어왔다
문을 열었을 뿐인데!

겨울바람이 다독인다
받아들여야 돼, 그 쓴소리

도시의 좁은 창이 말하네
나무가 희망이라고

자주 싸우는 그 집 울타리에도
장미꽃이 피었습니다!

함박눈이 내리자
모두 일손을 놓고 바라보네

눈!
한겨울이 쓰는 시입니다

병명: 중증 기생충 감염
이름: 지구
기생충명: 인류

까마귀 옮겨 다니며 울며 이른다
너만, 혹은 나만의 불행이란 없다고

새들은 모두 한 언어를 쓰는구나,
나라 달라도!

영화榮華가 한순간임을
보름달에서 보네!

누구의 손길인가?!
뱀보다 개구리 숫자가 더 많은 이것은

깊은 산속 나무여
그대는 공명심을 넘은 얼굴이구나!

똥이 이르네
버리라고, 그러면 몸과 마음이 가벼워진다고

기적 속에 사네
비 오고 꽃 피고

신은 착한 존재일까,
아니면 악한 존재일까?
개미만이 아니라 개미지옥도 만든

누구나 섬겨야 한다고
바다가 말씀했다

떨어진 자리에서 다들 싹을 틔웠네
저 물푸레나무 씨앗들

역시 하늘은 크구나!
일기 예보 자꾸 틀리네

복숭아벌레
복숭아 빛깔이네!

그치지 않는 비도 없고
물러가지 않는 가뭄도 없건만

말을 멈추니 들리네
매미 소리

날씨가 이르네
네 뜻대로 안 되는 게 세상이라고

자연은 사랑밖에 모르고
신은 미움도 안다
성경을 읽으며 알았다

앎을 버려야
길이 보일 거라고
지렁이가 오늘 이르네

일손을 놓고 모두 바라보았네
이 봄의 첫 벌

매미가 운다
고대광실 따위는 필요 없다고

꿀벌의 질문

산골짜기에 집이 있는 그는 벌을 친다.

"열댓 통쯤이야. 그 이상은 안 돼. 밀원이 허락을 안 해."

밀원蜜源이란 벌들이 꿀과 꽃가루를 가져올 수 있는 밭, 곧 꿀과 꽃가루를 주는 풀과 나무의 양을 말한다. 그것은 그가 사는 산이 그렇게 크지 않다는 뜻이기도 했다.

어느 날 그의 집에 갔더니 벌이 보이지 않았다. 무슨 일이지?

"어느 날 보니 벌통 속의 애벌레가 다 죽었더라고. 나머지 벌통도 하나둘…… 그렇게 끝났어. 새끼들이 자라 줘야 하는데, 그쪽이 막히니 그대로 끝나는 거지. 그렇지, 뿌리 잘린 나무처럼."

그는 12개의 벌통을 가지고 있었는데, 그렇게 모든 벌통을 잃었다고 했다. 그 집만이 아니라고 했다. 그해는 강원도의 모든 토종벌 농가에서 같은 일이 벌어졌고, 그것은 강원도만의 일도 아니었다고 했다.

2024년 2월 5일의 일이다. 충청도의 한 양봉 농가는 KBS 텔레비전의 현장 취재 기자 앞에서 이렇게 말하고 있었다.

"죽고 싶은 심정이야, 지금 진짜. 내가 꿀벌을 죽인 거냐고. 그게 자연적 현상인 걸 내가 어떻게 하냐고."

겨울을 나며 수만 마리가 있어야 할 벌통에 오십여 마리밖에 안 남아 있었다고 했다. 이런 현상을 '벌집군집붕괴현상'이라고 하는가 본데, 그 집만의 일이 아니었나 보다. 이웃 양봉 농가는 더 피해가 컸다고 한다. 150통이 넘는 벌통이 통째로 비었다고 했다. 그리고 이런 일이 한국만이 아니라 전 세계에서 벌어지고 있는 모양이다.

불길한 조짐이다. 왜냐하면, 꿀벌이 사라지면 4년 안에 인류도 멸망할 거라는 말이 있기 때문이다. 이견도 있지만, 꿀벌이 하는 일을 보면 틀린 말이라고 할 수 없다. 유엔식량농업기구FAO에 따르면, 꿀벌은 세계 식량의 90퍼센트를 차지하는

100대 주요 작물 중 71종의 수분 작용을 돕는다고 하기 때문이다. 우리가 먹는 작물의 거의 대다수가 꿀벌을 통해 가루받이를 하는 충매화라는 것이다.

베르나르 베르베르는 『꿀벌의 예언』이란 그의 소설에서 2047년 7월경이 되면 지구상에서 더 이상 꿀벌을 볼 수 없게 된다고 말하고 있다. 그 결과, 소설 속의 주인공이 '명상 여행'을 통해 갔던 2053년 12월에는, 그 당시의 지구 인구 150억을 30억으로 줄이는 제3차 세계 대전이 한창 벌어지고 있었다. 꿀벌의 멸종이 식량 부족을 낳았고, 식량 부족이 전쟁으로 이어졌던 것이다.

물론 이것은 사실이 아니고 어디까지나 소설이지만, 모두 다 허무맹랑한 이야기만은 아니다. 앞에서 소개한 대로, 한국만이 아니라 세계의 여러 나라에서 꿀벌이 자꾸 사라지는 이상한 일이 이어서 벌어지고 있기 때문이다.

그렇다면 그 까닭은 무엇일까? 왜 애벌레가 떼로 죽고, 일하러 나간 일벌이 일터에서 돌아오지 않는 것일까? 신문, 책, 유튜브 등은 여러 양봉 농가의 증언과 연구자들의 연구 결과를 근거로 그 원인을 다음과 같이 들고 있다.

1. 아카시아와 같은 밀원 수의 지속적인 감소

2. 진드기, 응애, 말벌과 같은 해로운 벌레의 증가

3. 휴대폰을 비롯한 각종 무선 장비에서 나오는 전자파의 영향

4. 대기 오염

5. 새로운 변이 바이러스의 출현

6. 지구 온난화에 따른 생태 엇박자

7. 유전자 조작 식물의 영향

8. 끊임없이 개발되고 있는 수많은 종류의 농약

9. 지나치게 높은 사육 밀도

10. 설탕물 급여가 불러오는 영양소 불균형과 면역력 감소

　어느 한 가지만이 아니고, 이 모든 것이 원인이라고 보는 게 맞으리라. 한편 나는 그 위에 숲의 감소 또한 원인의 하나라는 생각을 버릴 수 없다. 지구에서는 놀라운 속도로 숲이 줄어들고 사막이 늘어나고 있는데, 내가 보기에는 이것이 제1 원인이고, 위에 든 열 가지는 제2 원인이다.

　왜 그런가? 동물은 모두 식물을 먹고 사는데, 동물마다 좋아하는 식물이 다르다. 숲이 사라지면 그러므로 그만큼 동물의 종류가 줄어든다. 미생물 또한 다르지 않다. 종 다양성이 가난해지면 생태계의 건강 또한 비례해서 훼손된다. 변이 바

이러스의 출현이랄지 생태 엇박자, 대기 오염, 해충의 대량 발생, 밀원 수의 감소 등이 모두 숲의 감소와 직접 혹은 간접적으로 연결돼 있기 때문이다.

이와 같아서 환경오염 방지, 밀원식물 보호, 농약 사용 규제, 건강한 사육환경 조성 등은 물론 숲의 복원이, 곧 지구 녹화가 꿀벌의 멸종을 막는 가장 바람직한 길이지만, 문제는 남는다. 그것은 이런 것이다.

"숲이 좋다는 거 누가 모르나? 잘 알지만 숲만 가지고는 먹고 살 수 없지 않나? 우리는 먹어야 사는데, 그러자면 논과 밭이 있어야 하고, 농약도 쳐야 하는 거 아닌가? 어쩔 수 없는 거 아닌가?"

맞는 말이다. 우리는 숲이 주는 게 너무 적어 숲을 없애고 그 자리에 더 많은 것을 주는 농경지, 과수원, 목장 등을 비롯해 대규모 산업단지를 만들어 왔고, 지금도 만들고 있다. 숲이 답이지만, 한편 숲만으로는 살 수 없는 것이다. 진퇴양난이다. 길이 안 보인다. 그런 인류 문명에 꿀벌은, 대규모 실종과 폐사를 통해, 선승처럼 묻고 있다.

그대들은 외통수에 걸려 있다. 누구든 일러 보라. 이 죽음의 판을 살 판으로 바꿀 길이 어디에 있는지? 출구가 어디에 있는지?

이제까지는 없었던 그 길은 과연 어디에 있을까? 내가 보기에, 길은 하나다. 밥을 주는 숲, 그 길 하나다. 우리는 거기에 말을 놓아야 하는데, 그런 숲을 만들 길은 없는 것일까?

석가모니나 마하가섭이나 달마를 만나면 나는 그들 앞에 가만히 빈 벌통을 놓아 보고 싶다. 석가모니가 마하가섭에게 말없이 연꽃을 들어 보였듯이 말이다. 우리는 그 길을 반드시 찾아야 하기 때문이다.

나는 오래 그 길을 찾았다. 왜 그랬나? 인류나 지구의 미래가 거기에 걸려 있다고 여겨졌기 때문이다. 고맙고 다행스럽게도 몇 년 전에 나는 그 길을 밤나무에서 찾았다. 농경지를, 곧 논이나 밭을 숲으로 바꾸고도 그 숲에서 밥을 얻을 수 있는 길이 밤나무에 있었다. 2023년 9월 21일에 쓴 손글씨 엽서는 이렇게 말하고 있다.

밤의 계절이 왔습니다. 그저께부터 날이 밝으면 알밤을 주우러 갑니다. 저희 집이 그 안에 있는 산에는 밤나무가 여러 그루 자라고 있습니다. 절로 나 자란 야생 밤나무인데, 그 밤나무에서 떨어진 알밤을 주우러 갑니다.

저녁에는 화덕에 불을 지피고 아침에 주워 온 밤을 삶고, 그걸로 저녁을 먹습니다. 그다음 날 아침과 점심도 그 삶은 밤을 밥 대신 먹습니다. 그래도 남는 것은 널어 말립니다. 앞으로 적어도 한 달은 밤이 주식입니다. 한 끼만이 아닙니다. 세끼 다 밤입니다. 벌써 여러 해 그렇게 살고 있습니다.

엄마 쥐는 밥보다 밤을 더 좋아합니다. 아빠 쥐는 아무거나 맛있게 잘 먹습니다. 새끼 쥐는 가끔 투덜거리기도 하지만 맛있게 잘 먹습니다.

밤을 주식으로!

개구리의 꿈입니다. 밤을 주식으로 삼으면 삼는 만큼 논밭을 줄일 수 있고, 논밭이 줄어들면 줄어드는 만큼 숲이 늘어납니다. 달리 말하면 아주 오랜 옛날에 떠나온 숲, 곧 에덴으로 돌아갈 수 있습니다.

이런 얘기를 하면 사람들이 묻는다. "에이, 밤을 어떻게 주식으로 삼나? 밤이야 간식거리지." 그런가 하면 이런 질문을 하는 사람도 있다. "영양상에 문제가 생기지 않을까요?" 그렇지 않았다. 다음 엽서를 보자.

밤이 주곡이 될 수 있다. 어떻게 아나? 소금쟁이와 개구리가 먹어 봤기 때문이다.

우리 마을에서는 9월 중순부터 10월 중순까지 한 달쯤 알밤이 떨어진다. 그때 우리 식구는 날마다, 끼마다 밤만 삶아 먹는다. 한 달 넘게 그렇게 한다. 벌써 네 해째나 그렇게 했는데, 지금까지 아무런 문제가 없다. 10월은 가을걷이로 일이 많은 소위 농번기인데, 그럴 때도 금방 허기가 진다거나 힘이 달린다거나 하는 일이 일절 없다. 밤은 쌀보다 조금도 못하지 않았다.

맛은 두말할 것이 없다.

걸림돌이 있다면 저장이 어렵다는 것 한 가지다. 물론 전기를 쓰면 쉽다. 김치냉장고 하나만 준비하면 되기 때문이다. 전기를 안 쓰고 밤을 주곡으로 삼으려면, 그러므로 상온에서도 오래 두고 먹을 수 있는 저장법을 찾아야 한다. 개구리네에 주어진 과제다.

밤을 주곡으로 삼을 때 땅은 몇 평이나 있어야 할까? 어림잡아 3인 가족 기준으로 100평쯤 있으면 되리라.

100평이면 10평에 한 그루씩 10그루의 밤나무를 심을 수 있다. 그 나무가 어른 나무로 자라면 한 그루가 20에서 30킬로그램쯤의 알밤을 주실 것이므로, 열 그루면 200에서 300킬로그램이다. 한 사람당 70에서 100킬로그램이 돌아가는데, 그 정도면 한 해 식량으로 충분하다. 참고로 말하면 요즘 한국인 1인당 쌀 소비량은 1년에 60킬로그램도 채 되지 않는다고 한다.

같은 평수에서 벼는 얼마나 거둘 수 있을까? 100에서 150킬로그램 정도다. 밤이 배나 더 많이 나는데, 왜 그럴까? 나무는 벼보다 공간을 넓게 쓰기 때문이다. 벼가 단층 농사를 짓는다면, 밤나무는 다층 농사를 짓는다. 인구 밀도가 높고, 식량 자급률이 매우 낮은 우리나라에서 이 점도 반갑다.

물론 처음에는 그만큼 안 난다. 그때는 밤나무 사이에 밭벼, 고구마, 감자, 옥수수 등을 심어서, 그것을 먹으면 된다. 밤나무가 어릴 때는 나무 사이가 많이 빈다. 그곳을 밭으로 삼아 작물을 심으면 된다.

밤나무가 다 자란 뒤에도 나무 사이에 채소나 먹을 수 있는 들과 산의 풀을 심어 먹을 수 있다. 그렇다. 밤나무만이 아니라 여러 가지 꽃나무나 과일나무 등을 섞어 심는 게 좋다. 그렇게 되면 아주 적은 크기의 밭만으로도 살 수 있고, 그만큼 지구에 숲을 늘릴 수 있다. 달리 말하면, 지구를 다시 에덴으로 만들 수 있다. 게다가 밤나무는 아카시아만큼이나 좋은 밀원식물이기도 하다. 그 속에서는 벌들도 행복하리라. 집을 떠날 까닭이 없으리라. 그것은 다른 모든 동물 자매 형제도 같으리라. 서로가 서로에 고마워하며, 싸우지 않고, 평화롭고 건강하게 살 수 있으리라.

이것이 나의 답인데, 당신의 답은 무엇인가? 요컨대 외통수에서 벗어날 수 있는 길을 묻는 꿀벌의 질문에 대한 당신의 답은 무엇인가?

인용 및 참고도서

『꽃잎 한 장처럼』, 이해인 지음, 샘터, 2022

『시베리아의 위대한 영혼』, 박수용 지음, 김영사, 2011

『아주 단순한 지혜』, 위대한 붉은 사람 지음, 하비 아든 엮음,
    구승준 옮김, 한문화, 2006

『이뭐꼬』, 퇴옹 성철 지음, 벽해 원택 엮음, 장경각, 2016

『적멸을 위하여』, 조오현 지음, 권영민 엮음, 문학사상사, 2012

『철학자와 늑대』, 마크 롤랜즈 지음, 강수희 옮김, 추수밭, 2024

『칩입종 인간』, 팻 시프먼 지음, 조은영 옮김, 진주현 감수, 푸른숲, 2017

『향모를 땋으며』, 로빈 월 키머러 지음, 노승영 옮김, 에이도스, 2021

무정설법, 자연이 쓴 경전을 읽다

1판 1쇄 찍음 2024년 3월 28일
1판 1쇄 펴냄 2024년 4월 5일

지은이 | 최성현
발행인 | 박근섭
책임편집 | 강성봉
펴낸곳 | 판미동

출판등록| 2009. 10. 8 (제2009-000273호)
주소 | 06027 서울 강남구 도산대로 1길 62 강남출판문화센터 5층
전화 | 영업부 515-2000 편집부 3446-8774 팩시밀리 515-2007
홈페이지 | panmidong.minumsa.com

도서 파본 등의 이유로 반송이 필요할 경우에는 구매처에서 교환하시고
출판사 교환이 필요할 경우에는 아래 주소로 반송 사유를 적어 도서와 함께 보내주세요.
06027 서울 강남구 도산대로 1길 62 강남출판문화센터 6층 민음인 마케팅부

판미동은 민음사 출판 그룹의 브랜드입니다.